轻与重
FESTINA LENTE

姜丹丹 何乏笔（Fabian Heubel） 主编

未知的湖

普鲁斯特与弗洛伊德之间的秘密

［法］让－伊夫·塔迪耶 著　田庆生 译

Jean-Yves Tadié

Le lac inconnu

Entre Proust et Freud

华东师范大学出版社

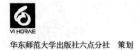

华东师范大学出版社六点分社　策划

主 编 的 话

1

时下距京师同文馆设立推动西学东渐之兴起已有一百五十载。百余年来，尤其是近三十年，西学移译林林总总，汗牛充栋，累积了一代又一代中国学人从西方寻找出路的理想，以至当下中国人提出问题、关注问题、思考问题的进路和理路深受各种各样的西学所规定，而由此引发的新问题也往往被归咎于西方的影响。处在21世纪中西文化交流的新情境里，如何在译介西学时作出新的选择，又如何以新的思想姿态回应，成为我们必须重新思考的一个严峻问题。

2

自晚清以来，中国一代又一代知识分子一直面临着现代性的冲击所带来的种种尖锐的提问：传统是否构成现代化进程的障碍？在中西古今的碰撞与磨合中，重构中华文化的身份与主体性如何得以实现？"五四"新文化运动带来的"中西、古今"的对立倾向能否彻底扭转？在历经沧桑之后，当下的中国经济崛起，如何重新激发中华文化生生不息的活力？在对现代性的批判与反思中，当代西方文明形态的理想模式一再经历祛魅，西方对中国的意义已然发生结构性的改变。但问题是：以何种态度应答这一改变？

中华文化的复兴，召唤对新时代所提出的精神挑战的深刻自觉，与此同时，也需要在更广阔、更细致的层面上展开文化的互动，在更深入、更充盈的跨文化思考中重建经典，既包括对古典的历史文化资源的梳理与考察，也包含对已成为古典的"现代经典"的体认与奠定。

面对种种历史危机与社会转型，欧洲学人选择一次又一次地重新解读欧洲的经典，既谦卑地尊重历史文化的真理内涵，又有抱负地重新连结文明的精神巨链，从当代问题出发，进行批判性重建。这种重新出发和叩问的勇气，值得借鉴。

3

一只螃蟹，一只蝴蝶，铸型了古罗马皇帝奥古斯都的一枚金币图案，象征一个明君应具备的双重品质，演绎了奥古斯都的座右铭："FESTINA LENTE"（慢慢地，快进）。我们化用为"轻与重"文丛的图标，旨在传递这种悠远的隐喻：轻与重，或曰：快与慢。

轻，则快，隐喻思想灵动自由；重，则慢，象征诗意栖息大地。蝴蝶之轻灵，宛如对思想芬芳的追逐，朝圣"空气的神灵"；螃蟹之沉稳，恰似对文化土壤的立足，依托"土地的重量"。

在文艺复兴时期的人文主义那里，这种悖论演绎出一种智慧：审慎的精神与平衡的探求。思想的表达和传播，快者，易乱；慢者，易坠。故既要审慎，又求平衡。在此，可这样领会：该快时当快，坚守一种持续不断的开拓与创造；该慢时宜慢，保有一份不可或缺的耐心沉潜与深耕。用不逃避重负的态度面向传统耕耘与劳作，期待思想的轻盈转化与超越。

4

"轻与重"文丛，特别注重选择在欧洲（德法尤甚）与主流思想形态相平行的一种称作 essai（随笔）的文本。Essai 的词源有"平衡"（exagium）的涵义，也与考量、检验（examen）的精细联结在一起，且隐含"尝试"的意味。

这种文本孕育出的思想表达形态，承袭了从蒙田、帕斯卡尔到卢梭、尼采的传统，在 20 世纪，经过从本雅明到阿多诺，从柏格森到萨特、罗兰·巴特、福柯等诸位思想大师的传承，发展为一种富有活力的知性实践，形成一种求索和传达真理的风格。Essai，远不只是一种书写的风格，也成为一种思考与存在的方式。既体现思索个体的主体性与节奏，又承载历史文化的积淀与转化，融思辨与感触、考证与诠释为一炉。

选择这样的文本，意在不渲染一种思潮、不言说一套学说或理论，而是传达西方学人如何在错综复杂的问题场域提问和解析，进而透彻理解西方学人对自身历史文化的自觉，对自身文明既自信又质疑、既肯定又批判的根本所在，而这恰恰是汉语学界还需要深思的。

提供这样的思想文化资源，旨在分享西方学者深入认知与解读欧洲经典的各种方式与问题意识，引领中国读者进一步思索传统与现代、古典文化与当代处境的复杂关系，进而为汉语学界重返中国经典研究、回应西方的经典重建做好更坚实的准备，为文化之间的平等对话创造可能性的条件。

是为序。

姜丹丹（Dandan Jiang）

何乏笔（Fabian Heubel）

2012 年 7 月

献给阿尔莱特

"……这种美妙的语言与我们通常讲的语言有很大区别：激动致使我们本来想表达的意思发生偏差，一个完全不同的句子在原来的位置上脱颖而出，它来自一个神秘之湖，那里生长着一些与思想毫无关系的语汇，而思想却因此得以彰显。"①

普鲁斯特

---

① 见《追忆似水年华》(又译《追忆逝水年华》《追寻逝去的时光》)的最后一卷《重现的时光》，其他六卷分别是：《在斯万家那边》《在花季少女们身旁》《盖尔芒特家那边》《索多姆与戈摩尔》《女囚》《女逃亡者或失踪的阿尔贝蒂娜》。本书脚注均为译注。

目　录

一切都有待于发现(译序)

让-伊夫·塔迪耶出生于 1936 年,毕业于法国巴黎高师,文学博士,是索邦大学(巴黎四大)的名誉教授,英国学术院通讯院士,法国当代著名的文学批评家,2011 年获得法国艺术与文学勋章。他曾在雅温得大学、亚历山大大学、牛津大学任教,是法国伽利玛出版社"袖珍本古典丛书"和"袖珍本戏剧丛书"的主编。他在伽利玛出版社的七星文库主持出版的作品全集(普鲁斯特、萨洛特、马尔罗)很受欢迎,其中 1987 年出版的《追忆似水年华》获得法兰西学院奖。

塔迪耶在文学批评领域的研究主要涉及文学体裁美学,特别是小说。他对普鲁斯特的研究独树一帜,广为人知。他的研究成果既有很高的学术价值,又起到普及教育的作用,其中包括:《二十世纪的文学批评》(*La Critique littéraire au XXe*

siècle)、《二十世纪的小说》(*Le Roman au XX^{e}siècle*)、《普鲁斯斯特与小说》(*Proust et le Roman*)、《普鲁斯特评传》(*Marcel Proust*)、《从普鲁斯特到大仲马》(*De Proust à Dumas*)、《未知的湖:普鲁斯特与弗洛伊德之间的秘密》(*Le lac inconnu : entre Proust et Freud*)等。

《未知的湖》出版于 2012 年,属于伽利玛出版社"认识潜意识"系列丛书之一。这部作品看似简短,却凝结了作者多年思考和研究的积淀。塔迪耶本人在介绍这本书的写作过程时说,这本"小书"是他花了四年的时间完成的,"要写得简短,是需要花费很多时间的"。的确,要言简意赅地去表达复杂、深刻的思想并非易事,加缪的《局外人》堪称此类作品的典范之一。"未知的湖"是普鲁斯特在《重现的时光》中使用的一个比喻,即潜意识的隐喻,"普鲁斯特与弗洛伊德之间的关系"或者说"秘密"——本书的副标题——正是建立在潜意识的基础之上的。

谈到普鲁斯特,我们可能很难联想到弗洛伊德,反之亦然。原因很简单:除了他们都是家喻户晓的名人,他们之间似乎并没有什么太大的关系,反倒在诸多方面有很大差别。前者(1871—1922)是蜚声世界文坛的法国小说家,意识流文学的先驱,《追忆似水年华》的作者,大部分时间生活在巴黎,以文学为生,一生独身,中年离世;后者(1856—1939)是精神分析法的创始人，现代心理学之父，《释梦》的作者，奥地利精神病医师，子女满堂，高寿而终。二人来自不同国度，从未谋面，谁也没有读过对方的作品，他们之间会有什么秘密呢？而这，正是塔迪耶试图回答和探讨的问题。他指出，尽管普鲁斯特与弗洛伊德有那么多的不同，但他们之间有着太多的相似之处。他们有着共同的家庭氛围：普鲁斯特的父亲是医生，而他本人由于从小患有哮喘病，常年要和医生打交道，而弗洛伊德本人就是医生，而且也患有致命的疾病；他们都有犹太人的血统（弗洛伊德是犹太人，普鲁斯特的母亲是犹太人），他们的作品都带有犹太文化的印记；他们两人都不信教；都是艺术和文学爱好者；都是与传统思想决裂的先驱；都是自我分析的探索者；我们还知道，弗洛伊德不去罗马，害怕坐火车，在雅典感到不舒服，而普鲁斯特笔下的叙述者想到去佛罗伦萨就生病，一进巴尔贝克旅馆就难受。他们关注的许多问题都是相同的，塔迪耶从中找出了十多个他们共同关心、探索的主题，运用平行比较的方法，展现了普鲁斯特和弗洛伊德在各自的探索之路上"不期而遇"的历程，我们仿佛听到了他们的一次漫长对话。

本书没有注释，也没有标注参考书目的来源，这无疑给读者，特别是译者的工作带来一些不便。不过，这也说明，作者对普鲁斯特和弗洛伊德的作品了如指掌，使用引文时能够信手拈来。这部闪烁着博学和智慧之光的作品，使我们对普鲁斯特和弗洛伊德有了更加深入的了解。他们一个通过对病人的分析，一个通过写作，针对与潜意识有关的许多主题进行了深入的思考和探索。

首先是梦，弗洛伊德所建立的精神分析法在很大程度上与梦有关，《释梦》是他关于梦的代表论著，而梦在《追忆似水年华》中也扮演着与潜意识相关的重要角色。人入睡之后，潜意识受到的压抑便得以释放，理智失去了控制力，梦便把我们带入"禁区"，所谓"理性沉睡生恶魔"。因此说，睡眠是可怕的，正如波德莱尔所言："关于睡眠——大家每晚都要经历这种恐怖的时刻——我们可以说，人们每天能够入睡是很有胆量的。假如我们不知道这种胆量来源于对危险的无知，我们就很难理解它。"①每个人都可能为恶魔所困扰，一旦入梦便会成为它的俘虏。弗洛伊德告诉我们，梦常常是荒诞的，因此会引起恐惧。但梦也可能让我们快乐，因为我们清醒时的愿望可以在梦中得以实现。梦具有移置、凝缩的作用。梦也使生与死的界限变得模糊，"睡眠是一种名副其实的死亡，苏醒就如同复活一样"，我们都知道庄公梦蝶的故事。普鲁斯特在生活中很少谈到梦，但我们知道，"我们

① 雅克·奥蒙:《英格玛·伯格曼》，田庆生译，北京大学出版社，2012。

在小说中要比在自传中更容易袒露心声"。普鲁斯特创作的目的就是从"黑夜中,从沉默中挖掘出看不见、听不见、说不出的东西"。弗洛伊德的理论,使我们对普鲁斯特作品中的叙述者关于他外祖母所做的梦有了新的认识,文学作品在解读梦的领域为我们提供了丰富的空间。睡眠是潜意识偏好的活动地点和时间。可以说,潜意识是普鲁斯特和弗洛伊德之间最大的"秘密"。

弗洛伊德和普鲁斯特都喜欢追根溯源,挖掘出隐藏在黑暗中的东西,考古学对他们来说就像一盏指路明灯,照亮他们的探索之路。过去的一切都不会消失,就像被掩埋的庞贝城一样,随时会复活。无意识记忆唤醒的情境,就像考古探索者的意外发现。童年的回忆对弗洛伊德和普鲁斯特同样重要,尤其是涉及到童年的性问题。如果说弗洛伊德在理论上对该主题进行了深入的探讨和分析,普鲁斯特则以小说的形式反映了同样的思考,这一点尤其体现在叙述者与他母亲的关系上。《追忆似水年华》中的叙述者永远忘不了他每晚临睡前期待妈妈上楼来亲吻他的那一幕,这也是弗洛伊德探讨的有关孩子和父母的原始情境。弗洛伊德本人在自己身上也发现了恋母嫉父之情,而普鲁斯特作品中的叙述者与父母的关系也体现了这样的情结。临睡前期待母亲亲吻的这一幕影响了叙述者的一生,而且是他神经官能症和负罪感的根源所在。追根溯源,孩子失去母乳的痛苦是无法消除的。弗洛伊德说,性冲动使孩子成为有窥淫或暴露癖的人。普鲁斯特的作品就反映了这种倾向,我们自然会想到《追忆似水年华》中叙述者的窥淫癖和西尔贝特的暴露癖。在普鲁斯特的作品中,性关系往往带有施虐倾向,这种观念的形成可以追溯到童年时代。孩子很早在父母的性关系中就感受到了这一点,于是,他试图转移自己的性欲,转向"升华"。

和弗洛伊德所解读的童年一样,普鲁斯特笔下的童年也充满激情、噩梦、欲望、不幸。童年是通过回忆展现的,回忆有两种方式:一种是自主的,即有意识的回忆;另一种是不由自主的,即无意识的回忆,也就是指不受我们意识控制的通过联想产生的记忆。安德烈·莫罗瓦在《追忆似水年华》的序中说,普鲁斯特的主要贡献在于他教给我们后一种回忆过去的方式(无意识的回忆)。"人可以试图借助智力,通过推理、文件和佐证去重建过去。这一自主的回忆决不可能使我们感到过去突然在现在之中显露,而正是这种显露才使我们意识到*自我*的长存。必须发动不由自主的回忆,才能找回失去的时间。……我们的过去继续存活在滋味、气息之中……。玛德莱娜点心便是出色的例子。"[1]叙述者"在盖尔芒特王妃的图

---

① 《追忆似水年华》,译林出版社,2012年,第8页。

书馆里见到上了浆、烫得挺括的毛巾时,巴尔贝克海滨顿时在他眼前重现"①。涂卫群指出,不由自主的记忆指的是"……某种意义上的醒悟:由感官刺激唤醒的对过去某一瞬间的记忆。"②《在花季少女们身旁》中,叙述者是这样形容这种记忆的:"我们记忆最美好的部分乃在我们身外,存在于带雨点的一丝微风吹拂之中,存在于一间卧房发霉的味道之中,或存在于第一个火苗的气味之中,在凡是我们的头脑没有加以思考,不屑于加以记忆,可是我们自己追寻到了的地方。这是最后库存的往日,也是最美妙的部分,到了我们的泪水似乎已完全枯竭的时候,它仍能叫我们流下热泪。"③"蘸过茶水的小玛德莱娜点心,与他幼年时在贡布雷吃过的同样的点心遥相呼应,唤醒了他对整个贡布雷和由它延伸出去的两条道路的记忆;正像盖尔芒特府邸院子里高低不平的石板之于威尼斯圣马可圣洗堂的同样的石板,类似的高低不平的感觉复苏了他对威尼斯之行的完整记忆;亲王书房里汤勺触碰碟子的声音,宛若过去的一次旅途中听到过的锤子敲打车轮的声音,使他眼前出现了火车停车处的那排小树林;而在书房中他所用的浆过的餐巾的硬挺的感觉同他到达巴尔贝克的第一天站在旅馆的

① 《追忆似水年华》,译林出版社,2012 年,第 12 页。
② 涂卫群:《普鲁斯特评传》,浙江文艺出版社,1999 年,第 6 页。
③ 《追忆似水年华》,第 184 页。

窗前擦拭自己时所用的餐巾给他的感觉如此相似,这第二天出现的餐巾将巴尔贝克海滨的景色带进了书房……"①在弗洛伊德那里也有无意识记忆吗? 塔迪耶指出,病人在精神分析医生那里回忆童年时的记忆方式就是无意识记忆,即所谓的自由联想现象。某个词、某个颜色、某个概念都可能产生某种联想。所不同的是,弗洛伊德的记忆,不是幸福的记忆,而普鲁斯特则懂得展现幸福时刻的艺术。弗洛伊德否定"诗意化"的童年记忆,认为"诗意化的虚构",是掩盖真正的记忆痕迹的屏障。来自童年的记忆是不存在的,与童年相关的记忆都是后来被加工过的。在普鲁斯特和弗洛伊德的眼里,童年是一切心理冲突的根源。孩子从快乐原则过渡到现实原则的过程埋下了心理障碍和冲突的种子。联想与梦幻叙事是弗洛伊德和普鲁斯特共同的特点。无意识记忆是神经症患者的幻想、梦境、困扰、心理创伤的表现。之前我们一直把童年视为一个天真无邪的时代,而在弗洛伊德和普鲁斯特那里,童年充满不幸、欲望和恐惧的记忆。

爱情也是弗洛伊德和普鲁斯特共同关注的一个主题。弗洛伊德和普鲁斯特是怎么看待女人的呢? 在弗洛伊德眼里,女人神秘莫测,很难了解,所以他称女人为"黑色大陆",

---

① 涂卫群:同前,第218—219 页。

8

尽管他身边总有女人相伴。而普鲁斯特笔下的女人,也是难以捉摸的,叙述者很想了解阿尔贝蒂娜的内心世界,但徒劳无益,凡德伊及其女友的秘密无人知晓。"阿尔贝蒂娜一个人,就代表了弗洛伊德所说的黑色大陆。"弗洛伊德把女人分为三类:生殖类、伴侣类、毁灭类,在普鲁斯特的作品中,后一类占主导地位:奥黛特毁了斯万,凡德伊小姐毁掉了她父亲的生活,拉谢尔从精神上毁了圣卢,阿尔贝蒂娜让叙述者绝望。但是,对普鲁斯特来说,不仅仅是女人,"所有的人似乎都难以了解,尤其是在爱情方面"。每个人的内心秘密,眼睛是看不透的。我们看到的只有表象。理想的爱情是永恒的,永恒的爱情只能建立在欲望没有实现的基础上。爱情与性是对立的,爱情是精神层面的,性是肉体的冲动,和弗洛伊德一样,普鲁斯特也揭掉了爱情的浪漫面纱。普鲁斯特笔下永远也没有完全正常的爱情。弗洛伊德对理想化的情感提出质疑:每次性爱过后,"对方在我们心中的理想程度便随之降低",被爱者的经历,就是逐渐丧失其优良品质,直至失去"神秘性和美感"。莫泊桑的短篇小说《一桩离婚案》中的人物就道出了这样的感受:"她是我的妻子。在我还按照理想去希望得到她的期间,她对我来说一直是接近实现的不能实现的梦。从我把她抱在怀里的那一秒起,她就仅仅是大自然用来使我的所有希望都落空的世人。"①

弗洛伊德更多关心的是男人的爱情。和普鲁斯特一样，弗洛伊德本人也有同性恋倾向。对弗洛伊德来说，男孩子真正所爱的对象只有自己的母亲，而同性恋与孩子和母亲之间的关系非常密切。弗洛伊德认为，母亲对孩子过度的柔情引起或助长了孩子对母亲的依恋，孩子压抑了对母亲的爱，与她同一化，将她视为他选择新的恋爱对象的参照典范，因此，变成了同性恋。弗洛伊德对达·芬奇童年的分析表明了这一点。同性恋是普鲁斯特和弗洛伊德共同关心的一个主题，他们尤其对一种特殊类型的男同性恋感兴趣：这种同性恋者感觉自己是个女人，而且与自己的母亲同一化，只爱年轻男子，普鲁斯特笔下的人物德·夏吕斯就是个典型的例子，这一点尤其表现在他对小提琴手莫雷尔的感情上。这种男性感到自己是女人，追求的对象是男人。在普鲁斯特的作品中，同性恋代表了一种"天性潜意识的神奇力量"，性的取向决定了性别，夏吕斯是一个有着男人身体的女人，他是个"十足的女人"。而阿尔贝蒂娜身上却有男人的特征，其实她的原型正是一个男人，普鲁斯特借助移置，把他的爱恋对象投射到作品之中，

----

① 居伊·德·莫泊桑：《莫泊桑中短篇小说全集：空有玉貌》，王振孙、赵少侯、郝运译，人民文学出版社，1993年，第158页。

将现实融合到幻想世界之中。他在为同性恋辩护时说:"一个人能遇到唯一可以使他感到快乐的事情是非常重要的。"

有些微不足道、常常被忽略的细节往往是潜意识活动的表现。弗洛伊德认为,风趣话、口误、幽默都与潜意识有关。忘记专有名词的现象也是普鲁斯特和弗洛伊德研究的对象。弗洛伊德认为,我们有时会突然想不起某个人的名字,那是因为我们内心有某种东西阻止这个人名进入我们的意识领域。普鲁斯特的作品中就有这样的例子。普鲁斯特小说中有很多风趣话,盖尔芒特公爵夫人是这种风格的代表人物,普鲁斯特本人在生活中经常利用一切机会搜集各种风趣话。而弗洛伊德则写了一本题为《诙谐及其与潜意识的关系》的论著。塔迪耶指出了风趣话和幽默的区别:前者是出现在某个时刻的一种笑话,而后者则是一种生活态度,一种传统。他在介绍本书时说,英国人有幽默的传统,而遗憾的是法国人则没有,这也许是塔迪耶的幽默。其实,每个民族应该都有自己的幽默方式。"幽默是我们与语言,与他人,与生活所保持的距离",它就像一个避难所。弗洛伊德甚至认为,风趣话是一种口误,所以,它与潜意识有关。风趣话的价值在于它所带来的快乐,而"属于喜剧范畴的语言创作都服从于'快乐原则'"。

最后,作者谈到了两个比较沉重的主题:哀伤与死亡。弗洛伊德在《哀伤与抑郁》中提出了"哀悼工作"这一术语,他关于哀伤的理论与普鲁斯特在《失踪的阿尔贝蒂娜》中所描述的哀悼过程完全吻合。弗洛伊德描述的哀悼阶段——抑郁、拒绝、攻击性——正是普鲁斯特笔下的叙述者在阿尔贝蒂娜失踪后所经历的,同样,普鲁斯特本人也因为失去在空难中丧生的男友阿高斯蒂奈里有过类似的痛苦经历。但是,弗洛伊德在《昙花一现的命运》中告诉我们,哀伤过后,诱惑会重返舞台,就像普鲁斯特笔下的斯万和叙述者在失去自己的爱人和亲人之后被新的诱惑所俘虏一样。面对死亡,我们追逐物质文化财富的努力显得荒唐可笑,但哀伤过后,我们会一如既往地去追求它们。富贵功名,虽是身外之物,但"自古及今,哪一个是看得破的!"[1]普鲁斯特和弗洛伊德都不相信永生,人终有一死,但是,如同普鲁斯特所言,有凡德伊的小夜曲相伴,死亡就不会那么悲苦,也不那么真实了。弗洛伊德分析了现代人面对死亡的态度,认为他们有意回避与死亡有关的任何思考,因此他们的生命变得贫瘠。他们无法想象自己的死亡,只愿意面对小说人物的死亡,与之同生同死,因为纸上的人物死了,他们却"安全"地活着。原始人面对死亡,会感到灵魂的存在,认为死亡后的生命会延续。宗教告诉我们,死亡之后可以去天堂,那里比生命更美好、更完整。弗洛伊德认为,我们应

---

① 吴敬梓:《儒林外史》,人民文学出版社,2012年,第1页。

该正确地面对死亡,只有这样,我们才能让生活变得可以忍受。

　　塔迪耶说,他写此书的目的是通过普鲁斯特和弗洛伊德之间的"对话",让我们更好地去了解他们各自的认知与探索,使我们读到他们中的一个人时,会听到另一人的声音,使"我们谈到一个人的时候,想起另一个"。他引用马尔罗的一句话,来说明他使用这种平行比较法的合理性:"要更好地了解一座希腊雕像,不是将其与99座希腊雕像进行对比,而是与一座意大利雕像对比。"其实,我们看到,塔迪耶所分析的相关主题,如梦、童年、回忆、俄狄浦斯、爱情、口误、风趣话等大都与潜意识关系密切。潜意识是了解普鲁斯特与弗洛伊德之间"秘密"的关键所在。弗洛伊德认为,人的行为在很大程度上是潜意识的,潜意识是一切问题的关键,甚至可以说,人的整个行为,包括语言,都不受意识支配。"因此,在我们的行为中,一切都有待破解、破译、解读。""一切行为首先是潜意识的",语言表达也会是潜意识的流露。"意识每一时刻只包含微小的一部分内容,其余的内容都处于潜伏状态",处于一种"潜意识的心理状态"。我们的记忆,"包括最深入我们内心的记忆,本质上都是潜意识的"。在我们身上发生的一些心理活动,往往是非常隐蔽而复杂的,我们的"意识对其毫无察觉",甚至"对其一无所知"。同样,普鲁斯特彻底改变了小说心理学,充分肯定了潜意识的作用,他对一切被遗忘的、潜意识的、无意识的、暧昧的、禁忌的东西都很感兴趣。《追忆似水年华》是潜意识的大舞台。《阿尔贝蒂娜》中的叙述者指出:"对我们的心灵或思想至关重要的东西,不是推理而是别的潜能教给我们的。"从一开始,普鲁斯特就感到,他写作的目的就是为了说出人们的秘密:"每个人的内心都深藏着一些秘密,只有不得已时他才会向别人敞开心扉,而且,有些事情似乎很难启齿。……还有一些事情,我们甚至不愿意向自己袒露,我们情愿掩饰它们,斩草除根。"与忏悔的区别是,病人在精神分析师那里必须说出比他知道的多的东西,小说家也让他的人物说出比他知道的多的东西。

"未知的湖"是普鲁斯特形容潜意识的一个隐喻。我们每个人的身上都有这样一块未知的领地,那里"隐藏着一种美妙的语言,一种区别于我们平常所讲的语言,生长在这里的语汇看似与思想毫无关系,但思想却正是通过它们得以彰显"。对普鲁斯特和弗洛伊德来说,对语言的解读,至关重要。普鲁斯特认为,作家的任务和责任就是一个翻译者的任务和责任。翻译,即解读,解读即建构。

如果说普鲁斯特无意之中通过文学幻想的实践证明了弗洛伊德的理论,弗洛伊德的研究也与文学有着千丝万缕的联系。和普鲁斯特一样,弗洛伊德也酷爱艺术和文学。他说,

"幻想的王国是一个'庇护所',是为现实生活中无法得到满足的本能提供的代用品"。幻想世界为艺术家、神经病患者逃离令人失望的现实提供了一个世外桃源。文学作品特有的快乐源于我们内心压力的释放。"在弗洛伊德那里,文学与精神分析汲取灵感的源泉是相同的,而且两者相互丰富。"弗洛伊德提出了关于文学与人文科学之间关系的重要问题。对弗洛伊德来说,文学在认识人类和世界的征途中,往往先于科学和精神分析。

如普鲁斯特所言,艺术家的任务,就是探索浑重的黑暗世界,"在人类的大脑中,在人类的心灵中,一切都有待于发现"。

（衷心感谢本书作者让-伊夫·塔迪耶先生,他在百忙之中一一解答了我在翻译中遇到的一些疑问。）

田庆生

2017 年夏于北京

前　言

　　弗洛伊德和普鲁斯特，前者比后者多活了三十二岁，早出生了十五年，晚去世了十七年[①]。前者子女满堂，后者独身一生。一个除了去过巴黎，几乎一直待在维也纳，另一个则几乎没有离开过巴黎。还有一点需要指出，因为常常有人提出这个问题，那就是，他们两个人谁也没有读过谁的书，虽然弗洛伊德精通法文，而普鲁斯特则在孔多赛中学学习过德语。不过，和弗洛伊德一样，马塞尔·普鲁斯特的父亲阿德里安·普鲁斯特医生，也在萨尔佩特里埃医院听过夏尔科[②]的课。他

---

　　① 西格蒙德·弗洛伊德 1856 年出生，1939 年去世；马塞尔·普鲁斯特 1871 年出生，1922 年去世。

　　② 让-马丁·夏尔科（Jean-Martin Charcot, 1825—1893），法国医学家，精神病学的奠基人。

们属于同一医学流派。因此,我们可以设想,在巴黎学习的弗洛伊德和待在家里的普鲁斯特一样,都置身于同样的科学和医学氛围。至于犹太文化,《摩西与一神教》里和《弗洛伊德自述》(Selbstdarstellung)的开篇都有所涉及,《追忆似水年华》中也有大量的相关引文。弗洛伊德和普鲁斯特都不信教,前者嘲讽地解构了摩西的形象,让他变成了埃及人,后者在借用圣经中的比喻时,也充满了嘲讽的意味。

他们两个人都有很高的文化修养,和所有的革新者一样,都是古典作品的忠实读者,都是艺术爱好者,尤其是意大利艺术。一个偏爱博物馆和艺术书籍,另一个则与艺术,尤其是雕塑艺术保持着那种只有拥有个人收藏品的人才会有的私密关系。他们都确信,我们的需要,我们的愿望,我们时下的痛苦,都反映在某一本书里。普鲁斯特奉巴尔扎克为师;《驴皮记》①则是弗洛伊德去世前重读过的最后一部小说:"这正是我所需要的书。"

两个人在与传统思想决裂时,都把注意力集中在他们自己身上。弗洛伊德的自我分析就是如此(他写给弗里斯②的信,如同一种书信体的自传小说,就是绝好的见证),而普鲁斯

---

① 巴尔扎克的作品。

② 威廉·弗里斯(Wilhelm Fliess, 1858—1928),德国医生,弗洛伊德的好友。

特经过反复探索之后所创作的《追忆似水年华》，也体现了一种内省的结果。普鲁斯特的尝试让我们想到了弗洛伊德类似的经历。1902 年，普鲁斯特在给比贝斯科①的信中写道："自从我把目光转向自己，成百的人物，上千的思绪，纷至沓来，要求我赋予他们生命。"

我们并不想借助精神分析法去研究普鲁斯特的经历，也不想去证明他为什么没有克服俄狄浦斯情结：这项研究工作早就有人做过了。我们是想找到他们在精神上的血缘关系，正如普鲁斯特所言：使人与人接近的不是相同的观点，而是相同的精神血脉，有时是相同的体质血脉：普鲁斯特患有哮喘病，而弗洛伊德在和荣格争吵——更确切地说是名副其实的吵架——时，会晕倒。他们两人在生命的最后二十年里，都曾与一种在当时来说有致命危险的疾病作过斗争。

弗洛伊德和普鲁斯特的著作，是从基本的直觉出发，攻克重重困难，慢慢创建起来的："我们不断地观察，不断地修改我们的作品，"弗洛伊德写道，"直到我们觉得其形式最终符合我们的意图。"《追忆似水年华》的创作历程亦然。《重现的时光》

---

① 安托万·比贝斯科(Antoine Bibesco, 1878—1951)，在法国长大的罗马尼亚亲王、外交官，普鲁斯特的朋友。

把文学创作视为军事战斗,忍受疲劳,建造教堂,遵守规章,克服障碍,赢取友谊,喂养儿童,创造世界一样的事情。*叙述者*①声明,"我所构想的作品,始终浮现在我的脑海里,永远在发展变化。"

在此,我们要对两位作者探讨过的主题做一盘点,这样的主题太多了,我们不能一一列举。如果有机会见面的话,他们两位一定会有很多话要说! 在一种久负盛名的体裁中,人们幻想死者之间的对话。从梦境到死亡,我们探讨的每个主题承前启后,我们希望通过一个人来解读另一个,就好像两个人的交替对话融合为一种独白:获得真相需要两个人。我的目的,是比较面对人、面对世界、面对自我的两种智慧、两种态度、两种行为。我无意去曝光一些尽人皆知的秘密。我希望,在比较的终端,在隐喻的两极,能够迸发出一束火花,一缕思绪,一种诗化的印象。每当他们其中的一个人开口的时候,我们就会想起另一个。

---

① 这里指《追忆似水年华》中的叙述者,译文中均以楷体字标出。

4

第一章 入 夜

　　睡眠？谁会想到以睡眠开始一部小说呢？睡觉的主人公会把读者赶跑,就像在客厅里打盹儿的主人,会让客人逃之夭夭一样。也许是因为另一种悲剧的出现,古典悲剧开门见山的开场形式早已被遗忘。这就是那些"依附于白天的心理活动的"梦。这话是谁说的呢？它是出现在《在斯万家那边》还是《释梦》①的开头？普鲁斯特笔下的主人公入睡时,还在不停地思考着刚刚读过的书,梦到了教堂(这让他想到了一部"建筑考古学专论",或许是埃米尔·马勒②的《法国十三世纪的宗教艺术》)、四重奏、从摆错了位置的大腿里生出来的女

---

　　① 　弗洛伊德著,又译为《梦的解析》。

　　② 　埃米尔·马勒(Émile Mâle,1862—1954),法国著名艺术史学家。

人、关于弗朗索瓦一世和查理五世之间争强斗胜的一部作品（米涅①著）。做与书有关的梦，难道不是一个知识分子特有的习性吗？

弗洛伊德首先感兴趣的是梦，而普鲁斯特则是睡眠，然后才是梦：梦在其小说情节中扮演着重要的角色。关于普鲁斯特笔下的睡眠，以及普鲁斯特本人的睡眠，我们无所不知。但是，关于弗洛伊德的睡眠情况，我们却知之甚少。弗洛伊德也患有失眠症吗？他向弗里斯谈过这方面的问题吗？由于癔病的发作是复制快乐的一种行为、一种手段，恋床癖（或恋床症）也因此可以得到解释：弗洛伊德的一个病人"今天依然在睡眠中呻吟，要求在他出生 22 个月时就已死去的母亲带他走"。弗洛伊德在 1892 年 12 月 6 日写道："一切都是根据*他者*来安排的，而且往往是那个史前的、令人难忘的*他者*，后来的任何人再也无法超越他。"《追忆似水年华》中的叙述者不知道这一点，他之所以白天躺在床上，那是因为他在等他的母亲，即小说中他的外祖母。马塞尔·普鲁斯特本人在他母亲在世时，就很少下床，他是通过从门缝下传递纸条的方式与她沟通的。母亲去世后，他就更少起床了，仿佛他一直在等待一次永远也

---

① 奥古斯特·米涅（François Auguste Mignet，1796—1884），法国历史学家。

不会再有的来访。

我们自己,之所以对一个几乎没有什么价值的行为,对一个卧床的反英雄人物的消极经历那么感兴趣,那是因为,我们从他那里看到了自己的恐惧和期待,既害怕又期待看到已故亲人的幽灵。黑夜使梦成为可能:"应该说,如果我们的抵抗力在夜里和白天是一样的话,就不会有梦,"弗洛伊德在《释梦》中说道。人在睡着的时候,潜意识的压抑就会减小,会被避开:正如戈雅①所言,理性沉睡生恶魔。这正是普鲁斯特在他母亲过世后的痛苦之所在,正如他在给施特劳斯大人和罗贝尔·德·孟德斯基乌②的信中所言。理智不复存在,无法再保护他,面对最可怕的思绪、幻象、"最残酷的印象",他毫无防御能力。当时,被痛苦经历所折磨的普鲁斯特发现,他的理智在梦中失去了抵抗力,他在《让·桑德伊》③中隐约看到了这一点:"我们习惯于在晚上想入非非,进入不现实的世界,闯入禁区。"

其实,对他的母亲,他只讲述一些看似微不足道的梦境,

----

① 弗朗西斯科·戈雅(Goya,1746—1828),西班牙浪漫主义画派画家。《理性沉睡生恶魔》是他1797—1799年间创作的作品。

② 罗贝尔·德·孟德斯基乌伯爵(Robert de Montesquiou,1855—1921),法国作家、评论家。

③ 这是普鲁斯特1895年开始撰写的一部自传体小说,终未完成,直至1952年才发表。

例如,他手挽着玛德莱娜·勒梅尔夫人①来到慈善募捐会的现场(当然,对他来说,这也许就是一场噩梦)。梦中的他变成了女人,即在法兰西喜剧院拿分红的演员,五十四岁的布朗丝·皮尔逊②。他当时纳闷的是,自己为什么会昏了头,想到去参加募捐会,因为当时他还在为外祖父服丧呢。这种变性的梦及其引发的恐惧感,还出现在《斯万之恋》的结尾(他的恐惧感大概来自服丧期,他为自己触犯了服丧的戒律而自责,同时,也与同性恋有关,因为这个问题他在父母面前感到有罪)。梦中,普鲁斯特看到自己变成一个上了年纪的女人,和玛德莱娜·勒梅尔一样,吸引年轻小伙子的眼球。当时,这位女画家正在为《欢乐与时日》③画插图。

　　1901年9月8日,普鲁斯特还对他母亲讲述过另一个梦:他梦见自己在假期发福了,指着像皮球一样的肚子让母亲看,仿佛他想与孕妇一争高低,他大概很嫉妒她们。后来,他在《追忆似水年华》中指出,男人怀孕的唯一例子出现在《金色传奇》④中。这种说法纯属幻想,我们不妨找找看:《金色传

---

① 玛德莱娜·勒梅尔(Madeleine Lemaire,1845—1928),法国画家。

② 布朗丝·皮尔逊(Blanche Pierson,1842—1919),法国演员。

③ 这是普鲁斯特发表的第一部作品,出版于1896年。

④ 这是中世纪的一部名著,讲述的是圣徒生活的故事。作者是意大利编年史作者、热那亚的大主教雅克·德·沃拉吉(Jacques de Voragine,1228—1298)。

奇》中根本就没有这个例子。

《欢乐与时日》中的"梦"那一章看似天真无邪地讲述了叙述者梦中对一个叫桃乐茜·B.的女人的迷恋。这位年轻女子献给他一朵香薰玫瑰花，眼睛感到"轻微的痉挛"之后，她哭了。他也落泪了，桃乐茜"从她鲜嫩的嘴唇中探出舌头"，"仰着头"，接住他眼眶里流出的每一滴眼泪。"然后，她咽下泪水，嘴唇轻轻作响，我好像感受到了前所未有的一吻，这比她直接吻我更撩拨人。"人们尚未注意到，这大概是普鲁斯特对(同性)性行为所做过的最完整的描述。移置①作用保证了这种行为的清白。之所以可以这样解读，是因为这是一场梦，而在梦中，一切都可能具有性的特征。

焦虑的梦在《让·桑德伊》中就出现了，主人公让的梦标志着他对弗朗索瓦丝之爱的终结，重现了女主人公最终的遭遇和她的离去，画面之清晰令人难以置信，堪比萨沙·吉特里②的剧作。重要的，或许也是最真实的一点是做梦者所感到的焦虑。

所有这些作品表明，普鲁斯特知道，一个小说家可以用梦

---

① 移置是一种自我防御的机制，是一种情感表现的转移。

② 萨沙·吉特里(Sacha Guitry, 1885—1957)，法国演员、剧作家、电影导演。

来表达激情的发展过程,或者说康复的进程,因为,激情对他来说,就是一种疾病。关于服丧与梦的关系,他也得出了同样的结论。《斯万之恋》结尾的梦表明斯万的爱情走向末日,正如叙述者后来梦到外祖母反映了他在服丧期的经历一样。

弗洛伊德,尤其是在《论梦》中,区分了三种类型的梦:清楚、合理的梦;合理但却出人意料的梦;晦涩、违背逻辑、荒诞的梦。第一类梦没有什么稀奇,也不会触动人们的想象力,第二类在现实中不能成立,最后一类是小说家最感兴趣的。荒诞是梦的标志;当失眠患者见证了一种"与逻辑规律和现实相矛盾的"推理时,他心里便踏实了:"背对现实,就已经迈出了一大步。"其实,这方面要说的话还很多,看似没有意义的现象背后隐藏着有待我们去揭示的意义。然而,最奇怪的是,一贯求知若渴的普鲁斯特,却没有对梦做出任何解释。面对那些最乖戾的细节,那些在清醒时的行为中总是引起他关注的细节,他逃避了。一切都留给我们自己去解读了。

所以说,普鲁斯特首先是描写睡眠的小说家:"如果我们不让生活沉浸在睡眠之中,我们就不可能很好地把它描绘出来。生活沉入睡眠,睡眠夜复一夜地伴随着生活,犹如大海围绕着半岛。"睡眠各式各样,因为根据人们入睡具体情况的不同,睡眠也各不相同,人各有各的梦,各有各的噩梦。人人都和戈雅一样,为恶魔所困扰。

第二章　梦

　　《追忆似水年华》开始于睡眠，睡眠可以减弱或绕过我们对梦的抗拒。从作者第一个练习本的第二页就可以看出，这部小说的生成始于梦，梦是小说最初构思的根基。做梦者，即普鲁斯特。他 1903 年没了父亲，1905 年又失去了母亲。他首先梦见的是母亲："梦见母亲，听到她呼吸，翻身，呻吟：你既然爱我，就不要让我再动手术，因为我觉得我快不行了，没必要延长我的生命。"

　　接着，在练习本的第三页，是关于父亲的梦："梦。爸爸在我们身边。罗贝尔①在跟他讲话，向他提问，他被逗笑了，对答准确。这纯属生命的幻觉。所以，你看到，死者几乎还活

————————

　　①　普鲁斯特的弟弟。

着。也许,他的对答会有错儿,但这就是生命的幻影。也许他就没死。"以上这些朴实无华的词句,毫无文采可言。我们每个人无需才华——但不能没有痛苦(才华是治愈痛苦的良药)——都能够写得出来。当医生的儿子向父亲提问,以此验证他的存在,这奇特的一幕最终没有出现在小说中。这是《奥德赛》第十一章的科教、侦探版,奥德修斯见到的是他死去的母亲(他父亲还活着)。

在《奥德赛》中,奥德修斯的母亲讲述了他走之后在伊萨卡所发生的事情,仿佛在告诉他一些尘世间的消息,向他解释她死亡的原因:"让我魂归黄泉的不是体弱,也不是什么病痛,而是对你的思念,啊,我高贵的奥德修斯! 正是你的柔情夺走了我甘美的人生。"奥德修斯三次试图拥抱他的母亲,但她只不过是"一个影子,或一个梦幻。恐惧深入我的内心。"一切尽在其中,尤其是恐惧感,这是许多梦的特征,但是,弗洛伊德指出,恐惧另有根源。因为爱和忧虑而离世的母亲,是*叙述者*的幻想之一,他确信外祖母是为他的身体担忧而死的,因此是他害了她。所有的伟大作家,从维吉尔到乔伊斯,都在重写荷马。

有个问题需要问普鲁斯特的传记作者:这些梦是普鲁斯特 1908 年开始创作他的小说时做的呢,还是他记忆中在父母去世时做的呢? 写作需要的内省类似奥德修斯下地狱的经历吗？还是说，内省的记忆之旅不如下地狱那么险恶、那么直观呢？是梦的叙事，还是梦的记忆？潜意识——荷马地狱的代名词，说的是过去，还是现在？弗洛伊德写道："实验表明，有些梦能够勾勒出某些重要思想的踪迹，这些思想要追溯到我们的童年。这些梦的意思最初似乎很完整，因为我们很容易找到引发它们的根源和念想。"梦的显性内容，比如母亲之死，与最近（两三年以前）发生的事件有关，而隐性内容则与"我们生活中发生的最久远的事件有关"。

　　所有这一切，都出现在"心跳的间歇"中那些伴随外祖母假复活的梦里。在第一个练习本里，叙述者（是普鲁斯特，还是小说的主人公？）沿着海边的悬崖（此情景在斯万的梦中还会出现）散步时，超过了其他一些人。这地方大概离卡布尔很近，1908 年，普鲁斯特曾在这里重新开始写作："妈妈来了，可她对我的生活漠不关心，她向我问好，我感到几个月之内不会再见到她。她能读懂我的书吗？不能。可是，精神的力量并不取决于肉体。"和第一个梦相反，这次两个人之间的交流已不再可能，因为，无时不挂念儿子日常生活和身体的母亲，对"他的生活漠不关心"。他失去了爱，变成了没有母亲的儿子，这个如同幻影的女人是个死人，她"真的死了"，正如叙述者有一天谈到阿尔贝蒂娜时所言：她不但对他不感兴趣了，而且还不懂他的作品，也就是说不懂他所存在的理由。有些人说，普鲁斯特首先是为他母亲而写作的,《追忆似水年华》只不过是写给他母亲的一封长信。

不过,我们应该注意到,让娜·普鲁斯特[①]的信函很少关注儿子的文学,仿佛对她来说,文学并不是最重要的,仿佛她生来就不懂文学,嫉妒文学,猜想它会夺走自己的儿子。在这一点上,她与艺术家周围的人没有区别,他们让梦想家扎根现实,起到他——至少在表面上看来——正常生活所需要的平衡作用。既然如此,这个梦就可能像是一种责难:并不是因为普鲁斯特夫人死了,她才对作品不感兴趣了。在儿子的眼里,她活着的时候就犯了这样的错儿。"精神的力量并不取决于肉体",这是长期与病魔相伴的人在梦中道出的一句妙语。

弗洛伊德也谈到了自己梦见已故父亲的事(他没有梦见已故的母亲:母亲在他写作《释梦》时还活着)。1908 年他声明,这本书是他自我分析的一部分内容,而普鲁斯特对父亲之死的反应,和弗洛伊德是不同的。对他来说,父亲的离去是"最重要的事情,是最令人心碎的损失"。当然,弗洛伊德写这本书的时候,他母亲还活着,但他完全可能预见她的死亡,或者从患者的隐情中得到启示。他在《释梦》中只有一次提到他梦见已故的母亲(而当时她还活着,他自己还是个孩子):这和

---

① 普鲁斯特的母亲。

普鲁斯特的梦正好相反。当然,在提到有关"已故父亲"的梦之前,弗洛伊德通常谈论的是有关已故亲人的梦。

弗洛伊德赋予这些梦一种与表面意义相反的普遍意义:做梦者希望看到所爱的人死去,他对后者的感情是矛盾的。这种希望通常根深蒂固,受到压制、压抑。正是在这种背景下,弗洛伊德推出了他对俄狄浦斯神话的解析。这使我们对普鲁斯特关于他母亲或《追忆似水年华》中的叙述者关于他外祖母所做的梦,有了新的认识。他们的梦掩盖得了那种希望看到母亲和外祖母死去的被压抑的心理吗?

其他的梦

有些始终梦伴随着《追忆似水年华》中的主要故事和主要人物。这些梦都有两个层面的意思,一是叙事层面的,二是潜在的,后者加深了我们对潜意识的象征意义的认识。普鲁斯特巧妙地将两者结合在一起。在我们自己的生活中,唯有第二个层面的意思涉及到我们:我们意识不到梦在我们生活中的地位。要看到梦在我们生活中的作用,就要靠小说的捷径和小说家的创作意愿。由于小说家兼有好几个人物的特征,他有可能把自己的梦投射到他们身上。我们惊讶地发现,普鲁斯特的书信中,很少讲到梦:梦太过隐私,他更愿意让他的人物成为梦的主人。我们在小说中要比在自传中更容易袒露心声。

《在花季少女们身旁》中有一段内容鲜为人知。普鲁斯特在说到有关里夫贝尔的梦时，对梦以及潜意识的夜间活动做了一个绝妙的概括。而且，根据其未曾发表的一段手稿，他是想把潜意识所包含的影像和意念分配到不同的梦之中，"每个梦具有相互关联的影像和意念"。小说中的主人公在里夫贝尔陶醉了几个晚上之后，陷入沉睡之中。梦中，种种影像纷至沓来："……回到了青春时代，逝去的岁月重返，失去的感情复得，精神脱离肉体，灵魂转生，追忆亡灵，精神病的幻象，倒退到大自然最原始的统治时代(……)所有这些奥秘，我们以为不了解，实际上，我们几乎每天夜里都有所接触。另外一个重大的奥秘，我们也不陌生，那就是消亡与复活"。这时，新的梦境掩盖了叙述者的生活。他梦见自己是《一千零一夜》里的人物，因为犯了一个他"没有注意到的过错，即喝了太多的波尔图酒"而遭到棒打，受到各种惩罚。也许，这里应该区别对待错与罚的关系，就像普鲁斯特在谈到陀思妥耶夫斯基时要我们所采取的态度一样。惩罚，就像《重现的时光》中夏吕斯的经历一样，是受虐狂和深深的负罪感所要求的。

在《盖尔芒特家那边》中，圣卢梦见了他的情妇：她在一个非常有钱且非常放荡的中尉陪伴下，发出她在"性欲高潮时"

习惯发出的"间断而有规则的叫声"。按照弗洛伊德的理论来解读,透过这一表面现象,可以看出主人公对阳痿的恐惧、同性恋以及被压抑的女性化倾向,甚至可以看出一种施虐受虐狂的快乐:目睹被爱的女人遭到强奸。这场梦源于做梦者的某个情夫或情妇,*叙述者*在"贡布雷"说的那句话也对该梦做出了解释:"我们以为,在那个难以想象的、乌七八糟的晚会上,有几股充满敌意的、邪恶的、蛊惑人心的旋风把我们所爱的人裹挟而去,让她嘲笑我们!"因为母亲的缺席,他说出了这句话,母亲正是梦的焦点。是她,为了另一个男人,比如她丈夫,或是斯万,抛弃了自己的儿子。因此,她不在儿子身边,她是罪人,做梦者想象她过得很快活。也是因为母亲的缘故,*叙述者*一直幻想有一位上流社会的姑娘去妓院卖身(凯塞尔[①]在其小说《白日美人》[②]中成功地塑造了她的形象,后来,该小说因布努埃尔[③]的电影而名声大振。)

　　其他一些梦更加单纯,清醒时的愿望在这些梦里得以实现。在《盖尔芒特家那边》中,*叙述者*反复梦见海边的某个中世纪古城、海景及其历史,还梦见掌握了艺术和历史的大自然,走向大自然,就是"追溯历史",这正是普鲁斯特在谈到威

---

① 　约瑟夫·凯塞尔(Joseph Kessel,1898—1979),法国记者和小说家。

② 　又译《白昼美人》。

③ 　路易·布努埃尔(Luis Buñuel,1900—1983),西班牙电影导演。

尼斯时所描写的那种大自然。这些梦所具有的某些特征，直接来自普鲁斯特的经历："我在梦中没完没了地和自己理论。"更加奇怪的是主人公在梦中的形象：他默不作声，双腿瘫痪，赤身裸体。他说，人在睡眠中迈不开步，说不出话，也不穿衣服。因此，主人公似乎在经受某种折磨，或者说，至少是在被动地等待着快乐的到来。

这个例子似乎是叙述者顺便提到的，但其实是在一种无法抗拒的忏悔需要驱使下，借助另一种推论，浮出潜意识的，我们后面还要谈到它，还有下面这样的噩梦："我们已故的父母刚刚发生了一起严重的车祸，但不排除不久就能痊愈的可能性。我们暂且把他们圈在一个小老鼠笼里，他们变得比白鼠还要小，浑身长满了大红水疱，头上都插着一根羽毛，像西塞罗①一样在给我们发表雄辩的演说。"

施虐狂在梦中肆虐。在《索多姆和戈摩尔》中，*叙述者梦*见夏吕斯的年龄是一百一十岁，他打了自己的母亲两巴掌。其实他打的不过是维尔杜兰夫人，因为母亲花了五十亿法郎从后者那里买了一束紫罗兰花。在这里，我们看出了针对母亲的施虐倾向(就像凡德伊小姐对她父亲施虐一样)、惩罚母

----

① 西塞罗(Marcus Tullius Cicero，前106—前43)，古罗马政治家、雄辩家和哲学家。

亲的念想、因为花销过度而产生的愧疚——普鲁斯特花钱就没有节制，金钱本身具有象征意义。普鲁斯特是诺曼底海边小镇乌尔加特花店的常客，花店老板勒·罗西诺尔先生的后裔一直心存恭敬地保存着顾客订花的记录。上面还可以看到每年为马塞尔·普鲁斯特保留的那一页买花明细，他以二十五金法郎的价钱，让花店向他的那些漂亮女友送去一束束的鲜花。

贝戈特反复做的那些噩梦在一定程度上反映了这位作家临终前那几天的可怕状态。他看到"一个凶恶的女人手上拿着一块湿抹布从他脸上擦过，竭力把他弄醒"。比残酷的母亲——死亡的象征——更为奇特的形象是疯狂暴怒的马车夫，梦中，"他扑向作家，咬他的手指，锯他的手指"。在第三个噩梦中，他梦见自己中风了，正是这种疾病最终夺走了他的生命。

梦出现在《追忆似水年华》的每个章节，构成了小说的微观世界。《失踪的阿尔贝蒂娜》描述了有关女主人公逃亡和死亡的梦。奇怪的是，梦中同时出现了两个死去的女人：阿尔贝蒂娜和处于次要地位的外祖母。后者的样子就像一尊正在腐蚀风化的雕像。做梦者知道她们死了，但又看见她们活着。阿尔贝蒂娜承认自己吻了凡德伊小姐的嘴唇，但仅此而已，而主人公则认为她在说谎。

叙述者本人指出,梦的戏剧化功能很拙劣,仿佛他与弗洛伊德不谋而合。根据弗洛伊德对梦的功能分类,梦的戏剧化作用在阐明象征意义的过程中排在最后。这里的象征意义就是已故的女主人公还活着。叙述者的强烈愿望仿佛就是看到这两个女人(也许她们就是一个人)彻底消失,好像她们在梦中和死后的生命仅仅是靠叙述者的负罪感来维持的,而普鲁斯特则是对母亲和阿高斯蒂奈里①有负罪感。

最后一个不容忽视的涉及梦的情节出现在盖尔芒特府的午后聚会上(《重现的时光》)。其实,该情节表明了叙述者对梦的一贯兴趣。梦虽短暂,但有高度的浓缩性:一场恋爱发生在几秒钟的时间内,仿佛是一位神医的"静脉注射"促成的,而这场恋爱在现实生活中的发展过程,可能要持续数年。因此,梦能够帮助我们更好地理解主观性的能动作用。而且,梦"与时间"在玩"奇妙的游戏"。因为梦,被遗忘的遥远的时刻,以及伴随这些时刻的情感,"仿佛一群巨形的飞机",向我们扑来,梦醒时,又离我们远去。主体、时间,这是《追忆似水年华》中的两大主题,同时也是这部作品的两大表现形式。所以,梦是叙述者生活中的事件之一,它以最有效的方式让他确信,"现实具有纯属精神世界的特性",有人认为,这一论断和弗洛

---

① 普鲁斯特的秘书、朋友。

伊德在《释梦》中提出的观点接近:"潜意识乃是真正的精神现实。"对于普鲁斯特,对于艺术家来说,除了有一位白昼的缪斯,还有第二位缪斯,"这位黑夜的缪斯有时会取代另一位"。

第三章　斯万的梦

现在的小说几乎已经不谈梦了。一位著名的小说家曾告诉我们，他阅读时碰到与梦有关的章节，都会跳过去。德国浪漫主义、超现实主义都很遥远了，乔治·杜·莫里耶①的《彼得·艾伯特逊》、弗朗茨·海伦斯②的《梅吕斯纳》、《人类的命运》③中陈的噩梦、德国浪漫主义的继承者吉罗杜④的梦，也很遥远了。斯万的梦我们可不要跳过，在普鲁斯特的笔下，斯万的梦和他对奥黛特的爱——从发展到终结——紧密相关，仿

---

① 乔治·杜·莫里耶(George du Maurier, 1834—1896)，英国小说家、插图画家。

② 弗朗茨·海伦斯(Franz Hellens, 1881—1972)，比利时作家。

③ 法国作家安德烈·马尔罗(André Malraux, 1901—1976)的代表作。

④ 让·吉罗杜(Jean Giraudoux, 1882—1944)，法国作家。

佛这种关系是治愈疾病的一个阶段。表现忧郁的爱情是古老的文学传统，普鲁斯特也许是这一传统的最后一位重要代表了(小卒子并不少见)。弗洛伊德本人谈到爱情时，时而使用爱情一词，时而使用力比多一词，在涉及到与力比多相关的神经症和反常行为时也是如此。

反映爱情终结的梦，在普鲁斯特的作品中至少出现过四次——《欢乐与时日》、《让·桑德伊》和《斯万》(两个版本)。该梦的叙事结构属于所有梦具有的两个特征：戏剧化和二度修改[1]，因此，完全适合小说的结构。

令人意外的是，从梦境所表现出的荒诞性来看，最后一个版本中的情节梦幻色彩最浓烈，也就是说1913年的版本比1896年的版本更加离奇，而第一个版本中的叙事完全是合乎逻辑的。发生这个转变有几种可能：或者是，普鲁斯特这位模仿大王，利用科学资源(从莫里[2]开始——弗洛伊德概括了他的理论，有关睡眠和梦的著作并不少见)，变成了模仿、想象、幻想真梦的艺术大师；或者是，他唤醒了一直被压抑在记忆中的梦，或者是，他从最近结束的一段爱情经历中汲取了相关的

---

① 根据弗洛伊德的理论，潜意识的结构特征包括凝缩、置换、戏剧化和二度修改四个方面。

② 阿尔弗雷德·莫里(Alfred Maury, 1817—1892)，法国学者。

创作素材。

弗洛伊德在《论梦》中有关凝缩作用的论述有助于我们理解斯万的梦："我可以借助几个人的特征,塑造一个人物形象;我也可以在梦中看见一个非常熟悉的面孔,但却给他起了另一个人的名字;或者完全认出他是谁,但却将他置身于另一个人的处境。应该在以上的不同情况里,找到不同组合动机的共同特征。几个人凝缩为一个人,便使所有这些人具有一种对等性,从某种特殊的角度而言,使他们处在平等的地位。这种对等性(……)往往只有通过分析才能发现。"一旦我们想到这些人物的形象来自梦的凝缩作用,我们就不觉得它们有那么离奇了。在一个混合体中,每个细节都可能体现好几种潜在的意念。

当一个晦涩的细节(它一定是做梦的前一天发生的)破坏了最明晰的梦境,成为主宰时,**移置**便发生了。分析表明,表面上微不足道的细节可能与某个潜在的、对主体的心理至关重要的因素相关:比如,小圆帽也许与斯万或者说普鲁斯特的犹太人身份有关(这是整个奥斯曼帝国时期的男性戴的帽子)。

弗洛伊德告诉我们,梦表达了一种未被压抑的愿望,或是一种被压抑的愿望,或者也可能是一种未被完全压抑或掩饰的愿望:"后一种梦总是伴随着一种恐惧感,并因此而被迫中断。"乔装的作用会让睡眠者免于恐惧。普鲁斯特常常提到这种恐惧感:因为梦表达了"以前某个没有实现的、很久以来被压抑的愿望"。斯万两次感到了"阵阵的心跳、痛苦、无法解释的恶心"。让·桑德伊也有同感。

　　弗洛伊德说,"莎士比亚的潜意识,使他明白了他人物的潜意识",他认为,是一个真实发生的事件促使莎士比亚写出了哈姆雷特的悲剧。然而,应当指出,斯万的梦不可能完全是普鲁斯特做过的某一个梦,因为它充满幻想的成分,而且我们很清楚,其中的人物也都是小说里的人物(或者,也许可以假定——这种可能性并不大,普鲁斯特梦见了他小说里的情节,梦见了其中的人物,想象出了小说的结尾),我们不能把斯万的潜意识当成普鲁斯特的潜意识来描述,即使普鲁斯特指出了斯万的某些潜意识的举止;然而,对于某些小说人物,我们可以去关注他们的潜意识,如伊塔洛·斯韦沃[①]笔下的人物季诺,而且,他与作者很相近,他讲述了自己与精神分析的纠葛;斯万不是这种情况。也许,这里也谈不上文本的潜意识,就像贝尔曼-诺埃尔[②]在他的文章"对斯万之梦的精神分析"

　　[①]　伊塔洛·斯韦沃(Italo Svevo)是埃托雷·施米茨(Aron Ettore Schmitz,1861—1928)的笔名,意大利犹太商人兼小说家。60岁后写出成名之作《季诺的意识》。

　　[②]　让·贝尔曼-诺埃尔(Jean Bellemin-Noël,1931—),法国文学批评家、巴黎第八大学教授。

中所做的分析。该梦是由小说家来叙述的，读上去就像是一次过于精心安排的历险，一个叙述爱情终结的奇幻故事：这正是普鲁斯特的意图所在。但是，杂乱无序的情节、荒诞的行为在斯万的梦中到处可见，就像《释梦》中的案例一样：变性的人、长着胡须的女人、戴着小圆帽的年轻人（也是斯万本人，他刚刚提到奥黛特和维尔杜兰夫妇的东方之行）、拿破仑三世（也是奥黛特的情人福什维尔）、淹没了悬崖——散步途经的地方——的浪涛、火灾。而且，我们可以把以上种种梦境与斯万，或……普鲁斯特的心理联系起来，对其进行解读。作者是否回想起自己做过的梦，并根据这些梦境，构建了斯万的梦呢？他是否移置、凝缩了自己的梦呢？人们总是提到这个问题。

有些批评家提醒我们，把这些梦当作作者的梦或他的潜意识表现来解读，要慎重。然而，应该指出，弗洛伊德本人在评论詹森①、莎士比亚、达·芬奇的时候，丝毫没有受到这种论点的约束。这大概是因为，构成文学要素的象征意义，既属于个人，也属于人类的共同财富。《释梦》里列出了弗洛伊德记录的主要梦例，供我们参考；本书的作者谈到了"只有一种解读可能的象征指涉"：皇帝指涉的就是父亲。

---

① 威廉·詹森(Wilhelm Jensen, 1837—1911)，德国作家。

普鲁斯特还对斯万的梦做了点评："就像某些小说家一样，他把自己的人格分配给了两个人物，一个是做梦的那个人，另一个是他所看见的站在他面前的那个人。"而福什维尔则是"通过模糊的联想"，有了拿破仑三世的名称和外表。普鲁斯特细致地描写了斯万为解析自己的梦所做的努力，即便是在他做梦的时候：在梦乡中的"斯万从不完整的、变幻不定的形象中做出错误的推断。"更加令人惊讶的是，他的创造力非常之大，能像某些低级生物一样，通过简单的细胞分裂进行繁殖。"他（斯万）通过自己都还没有意识到的情感和印象，勾勒出一些曲折多变的情节，它们的转承合乎逻辑，让接受他的爱或者唤醒他的必要人物，适时出现在他的睡梦中。"铃声在他梦乡的"深渊之中"变成了警钟声，于是有了火灾这档子事儿。来叫醒斯万的男仆在梦中变成了告发夏吕斯和奥黛特的农夫。

这些潜意识的情感和印象是什么呢？它们无疑要比外因——如铃声——更为重要。

有人分析，奥黛特和维尔杜兰夫人一样，体现了母亲的形象，但她代表的是一位雄性勃勃的母亲：她拉长的鼻子如同阳物，她还长着浓密的胡子。孩子让母亲得到了她所缺失的男性器官。被阉割的斯万（身着睡衣）面对的是雄性勃勃的母亲。大海，母性的象征，溅出冰冷的海水，象征着对肉体享乐的拒绝，就像在贡布雷时一样。睡衣指涉夜晚的情境。年轻人因为奥黛特的背叛而痛苦,她去了父亲那里。奥黛特时而献出她的阳物,时而拒绝它。阉割是这一幕的焦点。斯万于是"恨"上心头,"真想抠掉她的双眼,抓烂她的面颊",有的批评家在这些部位看到了阳物的领地。奥黛特"苍白的、长着小红疙瘩的脸颊"预示了父母被关在老鼠笼子里的梦。这时,父亲出现了:他与奥黛特一起走了;这是对原始情境的幻想。

该梦的叙事中,上演了两个剧情。第一个很明显,它回顾了斯万之恋的始末、他的妒忌心、失去奥黛特的结局——他最终在痛苦中接受了这个事实。让我们来看看这段故事的第一个版本(1910年《七星文库》版);这个梦的主要作用是斯万向"他认识三年的那个奥黛特"告别。梦没有时间顺序,可以回到过去:"梦的时间表就如同那些东方日历,我们这里早已过去的一个节日,它们数月后才庆祝。"奇怪的是,在第一个版本中,有荒诞细节的梦几乎没有。与维尔杜兰夫妇、戈达尔、画家、谢尔巴托夫公主和奥黛特在海边散步的情节已经有了。夜幕降临,大家害怕迷路。弗朗索瓦丝——奥黛特的另一个名字,即《让·桑德伊》中女主人公的名字,她双颊丰满:这是萦绕普鲁斯特的一种幻想,阿尔贝蒂娜的脸颊也很丰满,而波提切利①

----

① 桑德罗·波提切利(Sandro Botticelli, 1445—1510),意大利著名画家。斯万觉得奥黛特很像波提切利壁画上的人物。

笔下的奥黛特则相反,她两颊苍白、深陷,在文学幻想中留下了她的身影。年轻女人走了。斯万痛苦万分。"他对弗朗索瓦丝的温情变成了仇恨",这一点也出现在最后一个版本里,斯万想抠掉奥黛特的双眼,抓烂她的脸颊。福什维尔跟着奥黛特走了。斯万饱受心脏病的反复折磨,被遗弃的感觉占据他的内心。然而,在该版本中,没有性别变化,维尔杜兰夫人没有变成男人,没有拿破仑三世,在高崖上洗冷水浴的那一幕也没有,斯万和戴小圆帽的青年男子没有关系,他也没有穿睡衣,也没有"满身灼伤"的年轻农夫在火灾现场宣布奥黛特和夏吕斯过去的关系那一幕——火灾烧毁房屋,居民们四处逃离(这让我们想起吉罗姆·博斯①的一幅画)。顶多是,盖尔西——后来的夏吕斯——见证了年轻女子与福什维尔之间的关系。黑夜是两个版本共有的特征。在第一个版本中,奥黛特还没有充满柔情的目光,没有"泪珠随时会夺眶而出,落到他身上"的那双眼睛,那是波德莱尔笔下的女人"狡黠的眼睛"。

第二个剧情是潜在的,重现了俄狄浦斯情结的危机。奥黛特和福什维尔-拿破仑三世变成了父母,斯万同时又是一个戴着或不戴小圆帽的年轻人,让他恐惧的是阉割,撞见了原始情境的他是有罪的。作者无意识地让这种危机发生在他的人

---

① 吉罗姆·博斯(Jérôme Bosch,1450—1516),佛拉芒画家。

物身上。虽然他构建了一些象征意指,但他并没有意识到它们在弗洛伊德理论中的含义。爱恨交织,主宰失恋典礼的焦虑比爱本身更加强烈。

1956 年,M．L．米勒在《怀旧》中指出了在他看来是非常重要的象征意义。他认为,普鲁斯特在此重现了他努力放弃对母亲的固恋、抚慰父母的心灵所经历的各个阶段:他扮演母亲的角色,对弟弟罗贝尔爱护有加。被爱的女人,因为不忠,眼睛受到残酷的惩罚,就像我们在"一位少女的忏悔"(《欢乐与时日》)那一章里所看到的一样,俄狄浦斯也有同样的遭遇。维尔杜兰夫人拉长的鼻子和她的胡子意味着,它们掩盖了因为阉割而令人恐惧的女性生殖器。斯万放弃对奥黛特的爱,反映了他害怕被抛弃的心理,这是哮喘病人的特点。于是,斯万开始害怕火,根据弗雷泽①的观点和神话故事,米勒把火看作是女人的象征。戴小圆帽的青年男子是一个亲切、友好的形象。斯万背离异性恋的欲望,转向同性恋,并扮演了母亲的角色。斯万最终的痛苦与母亲的离去有关。普鲁斯特根据不同的碎片材料,建构了斯万的梦,如同他构想凡德伊的奏鸣曲一样:梦是真实的,但经过了组合、加工。普鲁斯特的梦概括

---

① 詹姆斯・乔治・弗雷泽(James George Frazer, 1854—1941),英国人种学家。

了他强烈的内心冲突:如何禁欲,让母亲高兴? 如何升华他的同性恋爱情? 他得不到父爱,嫉妒父亲与母亲和弟弟的关系,他必须战胜导致他幻想施虐受虐狂的攻击行为(满身灼伤的年轻农夫)和承受夏吕斯的命运的冲动。

重要的是,通过舍弃奥黛特来戒除乱伦之爱。奥黛特被赋予父亲的形象,既是拿破仑三世,又是福什维尔,也是夏吕斯。母亲的形象是严厉的,男性化的;她就是维尔杜兰夫人。戴小圆帽的青年男子是同性恋的象征。

如果说梦表达了某种愿望,那么,我们可以说,斯万颠倒奥黛特的性别,就是希望和她绝交。但普鲁斯特的愿望是什么呢? 是为了一些青年男子,而放弃对一个女人,对他母亲的爱吗? 总之,梦标志着一场恋爱的终结,比如说,叙述者对希尔贝特的爱。他之所以感到痛苦,是因为他梦见一个男友对他"背信弃义"。这个男人不是别人,正是希尔贝特。我们可以设想普鲁斯特做了这个梦之后,让一个女人在梦中代替那个男人,并虚伪地指出,梦改变性别是众所周知的事实。其实,这一变化揭示了潜在的同性恋倾向。

第四章　梦见外祖母

　　我们可以把斯万的梦与叙述者在《索多姆和戈摩尔》中有关外祖母的梦进行比较，这部作品采用了1908年的练习本中一些更为简要的内容，尤其是关于父亲角色的那部分。这些不同文本的对照显示，外祖母就是叙述者已故母亲的文学原型。叙事情节参考了《奥德赛》、《埃涅阿斯纪》[①]和《神曲》。下地狱的情节体现在河水的画面中，开始下地狱时要进入"九泉之下蜿蜒曲折的"忘河[②]，"浮出水面"前要渡过"蜿蜒的河流"，对亡灵的描写文笔出彩，凝练：一张张"庄严、伟大的脸庞浮现在我们面前，靠近我们，继而离我们而去，任我们泪水涟

---

　　①　《埃涅阿斯纪》(又译《伊尼德》)是古罗马诗人维吉尔最重要的作品。

　　②　希腊神话中地狱中的一条河流，河水使亡灵忘却过去。

涟"。地狱之梦深入做梦者的潜意识,甚至浸入他的体内。

叙述者先做了一个可怕的梦:"在睡眠的世界里,内知觉加速了心脏或呼吸的节奏,因为,同一程度的恐惧、悲切、内疚,一旦注入我们的血管,便会以百倍的力量掀起狂澜。"接着,做梦者继续他孤独的地狱之旅,寻找所爱的人:"本应带我去见她的父亲,迟迟未到。"叙述者流露出他的负罪感:"突然,我呼吸困难,感到心脏好像凝固了一般。"他忘了给外祖母写信,她孤零零地待在一个小房间里。他见不到她。充当信使的是父亲:"她有时间你现在怎么样了。我们连你准备写书的事都告诉她了。她面露喜色,拭去了一滴泪水。"外祖母说的话和记在第一个练习本里的梦是相反的,练习本里的她并不关心他写的书。但我们知道,梦可以通过一件事情的反面去表达它。

替代父子邂逅的是对另一个梦的回忆,回忆的出现就像一种镶嵌式的叙事,梦要追溯到外祖母谢世后的一个更加遥远的过去。外祖母要求孙子让她时常见见他:"你想想,你好赖做过我的外孙,做外婆的是忘不了外孙的。"在第二个梦中,叙述者说出了他自责当时没有说出的话:"外婆,你想见我,就能见到我,我在世间只有你,我永远不再离开你。"父亲再次拒绝带儿子去死者的住地,他把地址弄丢了,而且,他说,"她不再是从前的她了"。然而,父亲是知晓生死奥秘的人。儿子对他说："你还是告诉我吧，你是知道的，死去的人不再有生命，这不是真的。无论如何，这不是真的，因为外祖母分明还活着。"父亲回答道——普鲁斯特从来没让*叙述者*的父亲说过这么多话："啊！说活着太勉强，你知道，太勉强。"抛弃与被抛弃的主题在此具有双重含义：*叙述者*感到自己被抛弃，但他把自己的感受转移到了已故的外祖母身上，从而因为外祖母被抛弃而自责。至于梦中的父亲，他挡住了儿子的寻母之路，*叙述者*在贡布雷的父亲则与之相反，他向儿子做出让步，叫母亲去陪孩子。但是，这里，母亲已不在人世，父亲为儿子打开了通往服丧和未来的道路。通常，我们总是忘记提到生命旅途中的另一个阶段，即解决俄狄浦斯危机的阶段。父亲输得并不太惨。

我们知道，普鲁斯特在服丧期间，梦见了去世的母亲（和活着的父亲），这些梦是服丧的组成部分。在此，有关已故外祖母的梦，就是以他自己的梦为蓝本的。小说中的这些片段令人伤怀。根据弗洛伊德的解读，梦见已故亲人意味着做梦者希望他们死去，我们是否也应该认为普鲁斯特对他的母亲也有这样的想法呢？或者说，只有在亲人活着的时候做这样的梦才有这样的意义呢？这样的梦在服丧阶段呈现的是表面意义吗？弗洛伊德还说了什么？"解读所爱的人故去的梦，并不容易(……)。我们可以在我们对死者矛盾的情感中找到原因。通常,在这样的梦里,死者首先被当成是活人,然后,突然间,我们意识到他死了,再后来,我们又发现他依然活着。"生命和死亡的交替出现,表明了做梦者所渴望的那种面对死亡的超脱心态。然而,他的态度常常是矛盾的:当做梦者想不起死者已故的时候,他便与死者认同,幻想自己的死亡;反之,他便会拒绝与死者认同,"我们否认这与自己的死亡有关"。

主人公"再次穿过蜿蜒曲折的河流",重渡梦幻叙事之初"九泉之下蜿蜒曲折的忘河",一边重复着这句有特殊意义的话:"弗朗西斯·詹姆斯,公鹿,公鹿,餐叉。"副词"简短地"出现在手稿里,但在排版时被遗漏了:该词可能出现在弗朗西斯·詹姆斯[1]对《在斯万家那边》充满赞誉的一封信中,我们不知道这封信的存在,但普鲁斯特曾在他的书信中满怀激动地提到了它;这个词也可能出现在普鲁斯特读过的某一篇评论文章,或是有人在谈到他的作品时说过的一句话中:有人可能建议普鲁斯特表达更"简短"一些,因此伤了他的面子,于是他梦见了这个词;应该指出,这个副词在《追忆似水年华》中一次也没有出现过。如果该梦完全是自传性质的话,这些细节(丽莲·菲尔纳在1967年写的一篇精彩的文章中对此进行了明确的解释),应该出现在普鲁斯特做梦的前一天,也许——

---

[1] 弗朗西斯·詹姆斯(Francis Jammes,1868—1938),法国诗人。

但不一定——是在他记录下它的前一天,它们表达了诗人对普鲁斯特的赞誉和批评(批评意见涉及蒙舒凡那一幕,詹姆斯让普鲁斯特删掉它)。"公鹿,公鹿"来源于《三故事》①中的"圣朱利安传奇",是根据《金色传奇》中的故事改写的:被朱利安追猎的公鹿向他预言,他将杀掉自己的父亲和母亲,这是俄狄浦斯情结意义上的双重罪行:"可恨! 可恨! 可恨! 总有一天,你这残忍的人会杀掉你的父母!"(还是负罪感使然:在第一个练习本的一页里,普鲁斯特写道:"在范·布拉朗贝尔②的事件中要提到圣朱利安的故事。永远不要忘记。")餐叉敲击茶托是无意识记忆时刻的标志,让我们想起铁路工人敲打火车铁轨时发出的声响,列车即将抵达贡布雷。无意识记忆在此向文学创作发出死而复生的召唤。

"永远不要忘记":我们永远忘不了的、魂牵梦绕的事情,难道最终不会出现在我们的梦里吗? 我们在想,普鲁斯特是否把好几个梦,至少是三个,凝缩成了一个。因为,这些不同的内容,时间来源大不相同:詹姆斯与1913年的一封信有关,福楼拜要追溯到1907年,而餐叉的细节与1909年第24号草稿练习有关。

---

① 法国作家福楼拜的作品。

② 亨利·范·布拉朗贝尔失去父亲之后,神经错乱,杀了母亲,然后自杀,普鲁斯特就这个事件写了一篇文章。

但是,对这些表面上无关紧要的细节的分析,验证了弗洛伊德关于梦,尤其是关于移置的理论。此外,它们也使梦加入了叙事进程。从因为害怕杀了自己的父母——至少是象征性的——而感到有罪的人,到被一位大诗人认定为有罪的人——因为他的小说中有同性恋和亵渎父亲形象(或倒错的母亲形象)的场景,再到因为一个餐叉发出的看似无关紧要的声响而找回昔日年华的人,整个《追忆似水年华》奇妙地凝缩在了看似荒诞的几个词语之中。

第五章　俄狄浦斯

任何一位伟大的艺术家在其一生中,都写过一封感人肺腑的信,道出他一见钟情的志向,或者更确切地说,是让他流芳百世的大作。这就是瓦格纳在创作了《歌剧四部曲》之后,写给李斯特的信。弗洛伊德1897年10月15日也给弗里斯写过这样的信:"我在我身上也发现了恋母嫉父之情,现在,我把这种情感视为童年时期的一种普遍现象(……)。如果是这样,我们就能理解俄狄浦斯王惊人的力量了。(……)每位听众某一天都曾经幻想过自己是俄狄浦斯或萌发过这样的意识,面对被移置到现实中的梦境,他吓得后退,尽管压抑的整个机制使他儿时的意识远离今天的心理状态。"上面这些话,如同随后对哈姆雷特的分析一样,都被写进《释梦》,在此,它们既散发出了探险的清新气息,但也流露出了它的暴力性。

十年之后，一个充满血腥味儿的暴力事件，使普鲁斯特谈到了同一神话。他认识的一个人，亨利·范·布拉朗贝尔，失去父亲不久，神经错乱，杀了母亲，然后自杀。普鲁斯特阅读了报纸上刊登的有关这个残忍事件的所有细节，无一遗漏。他只能通过写作来摆脱这个事件对他的震动，《费加罗报》约他写了一篇文章，并答应出版（除了最后一段）。后来，他很少再提到那起凶案和那篇文章——尽管那是一篇杰作。普鲁斯特在这篇文章中提到的不是一个神话，而是三个：疯狂的埃阿斯①、弑父和自戕双眼的俄狄浦斯、俄瑞斯忒斯②。弗洛伊德似乎漏掉了后者。在报纸删掉的最后一段里，普鲁斯特提到了被古人顶礼膜拜的神圣祭坛、俄狄浦斯在科洛诺斯的墓和俄瑞斯忒斯在斯巴达的墓，"复仇三女神一直把俄瑞斯忒斯追到阿波罗和雅典娜的脚下，她们说：'我们要赶走弑母之子，让他远离祭坛。'"普鲁斯特想"表明，这个社会新闻完全就是一场希腊悲剧，它的上演几乎就是一种宗教仪式"。"可怜的弑母者"被不可抗拒的心理重压抛

---

① 埃阿斯是希腊神话中的人物，雅典娜使其发狂，把羊群当敌人砍杀，醒悟后自杀。

② 俄瑞斯忒斯是希腊神话中的人物，古希腊远征特洛伊的统帅阿伽门农的儿子。特洛伊战争结束后，阿伽门农回国统治，被妻子克吕泰涅斯特拉及其情人埃吉斯托斯杀死。俄瑞斯忒斯被母亲驱逐，长大后替父报仇，杀掉了克吕泰涅斯特拉和埃吉斯托斯。

入罪与赎罪的折磨之中。

　　根据弗洛伊德的观点，人人皆有杀父娶母的欲望。然而，人们开始注意到(尤其是亨德莉卡·哈尔伯施塔特-弗洛伊德①)，普鲁斯特笔下的俄狄浦斯和弗洛伊德谈到的俄狄浦斯，角色是相反的。布拉朗贝尔杀的是母亲，而不是父亲，如同俄瑞斯忒斯。普鲁斯特笔下的弑母行为，和弗洛伊德所说的弑父行为一样，都具有象征意义：普鲁斯特重复着范·布拉朗贝尔夫人生命垂危时对儿子说的话("你为什么要这样对我？你为什么要这样对我？")，感言道："只要我们想一想，也许没有一个真正的慈母会在临终之日——往往是在此之前，这样责备她的儿子。其实，我们日益变老，我们让所爱的人为我们担忧，不断地为我们担惊受怕，从而扼杀了所有的爱。"

　　如果说，凡德伊小姐往她父亲的照片上吐痰，是象征性地杀了他，有些评论家则从父亲那里看到了母亲的原型。同样，普鲁斯特的母亲是外祖母这个人物的原型，"一个弑母者的孝心"②最后一页中所表达的内容都体现在外祖母这个人物身上。叙述者对外祖母的死有负罪感，对阿尔贝蒂娜的死亦然：

---

① 弗洛伊德的孙女。
② 普鲁斯特在《费加罗报》上发表的文章题目。

让他自责的是两个女人，不是任何男人，不是祖父，不是父亲，也不是情夫。这正是俄瑞斯忒斯情结的表现。

但也是俄狄浦斯情结。因为普鲁斯特让戈达尔医生这个人物扮演了他父亲的角色；戈达尔夫人对她丈夫的崇拜，她发现那些证明他有外遇的信件时的伤心，无疑都参考了普鲁斯特夫人的经历。戈达尔是另一个在文学和在象征意义上被杀死的例子。

任何幻想作品中的主人公"都因为最初反抗父亲的英勇行为而当过英雄"，每当他回忆起那个时代，他就知道自己到底是谁了。这正是*叙述者*的经历：他想到了在贡布雷时临睡前期待妈妈亲吻的那一幕，父亲妥协了，他只对妻子说了句："去陪孩子吧。"虽然这一幕过去已久，但*叙述者*仍然能在记忆的深处或潜意识的出口听到它，那是因为，这句话一直在影响着他，而且构成了他神经官能症和负罪感的渊源。

在《女囚》中，主人公终于充当了父亲的角色。他像暴君一样，凌驾于他周围的人之上，对待阿尔贝蒂娜就像亚哈随鲁王①对待以斯帖②一样，但同时，他又被戴绿帽子，饱受极度病

---

① 《圣经》中的人物。
② 《圣经》中的人物。

态的妒忌折磨。在其他地方,他的角色是儿子,是深受痛苦的受害者。同样,在弗洛伊德与威廉·布里特①合写的最后那部"传记小说"——《威尔逊总统》中,我们看到,国家元首扮演了父亲的角色,发号施令,非常强势,但他也充当儿子的角色,是个受害者,遭遇不忠,饱受折磨。

《重现的时光》所表现出的负罪感,弗洛伊德在关于女性特征的讲座中是这样描述的:"在我们的某些大众阶层——今天依然是这样,没有人不是死于别人之手,首先是医生之手。面对一个亲人的死亡,神经官能症患者的习惯反应,就是自责:亲人的死亡是我们自己造成的。"还有:"自我批评和道德觉悟,在某些人那里可能是潜意识的,因此会产生至关重要的作用。"

关于这种负罪感,普鲁斯特有过许多阐述,下面是他无意识做出的一种。他是在梅特林克②的作品《埋没的寺院》中读到这句话的,他在他翻译的拉斯金③的作品《芝麻与百合》中引用了它:"人群中一个瞎子投出的一只箭偶然击中一个杀害

---

① 威廉·布里特(William Bullitt, 1891—1967),美国外交官、记者、小说家。

② 莫里斯·梅特林克(Maurice Maeterlinck, 1862—1949),比利时作家。

③ 约翰·拉斯金(John Ruskin, 1819—1900),英国作家、文艺评论家和社会学家。

父母的人,这是可能的。"这句引言本身就足以表明,杀害了父母的人罪有应得。更有意思的是:普鲁斯特模仿梅特林克时,使用了滑稽的夸张手法(这是弗洛伊德式的诙谐),用词的改变意味深长:"也许,一个被蒙上眼睛的女疯子从主教堂的塔楼里射出的一箭,穿过一群聚集在一起的盲人溜冰者,正好击中一个两性人,这不是不可能的。"杀害父母的人,是两性人。他对父母之死负有责任,就像《欢乐与时日》中那些短篇小说里所描述的那样,如"黑夜降临之前"、"一位少女的忏悔"。他只有一死,被蒙着眼睛的命运女神击中。弗洛伊德说:"即使人将恶念压抑在潜意识之中,然后想对自己说他是无辜的,他也必然感到自责,就像无法摆脱一种原由不明的负罪感一样。"

但是,如果说,普鲁斯特笔下的叙述者因为在临睡前期待妈妈亲吻的那一幕里使父母妥协而感到自责的话,应该受到谴责的是他的父母,因为是他们向他做出了让步。此外,普鲁斯特的父亲对妻子不忠,也应受到谴责。普鲁斯特知道父亲暗地里出轨的事吗?他是什么时候知道的呢?他与母亲很亲近,不可能不为普鲁斯特医生的婚外情而感到痛苦(我们知道有些女演员赠送给他父亲的友谊照,他去埃及时和一位漂亮女子的合影),同样,他也为弟弟罗贝尔被逼婚而痛苦(弟弟的婚姻不是乱伦,但象征着乱伦:他娶了父亲第二个妻子——地

39

下妻子——的女儿……）。"狼人"的困扰,在他得知父亲对母亲不忠的那一天便开始了。玛丽·巴尔曼尼①认为,弗洛伊德无意识地为父亲犯下的过错而惩罚自己,普鲁斯特是否也是如此呢? 是否应该从这里寻找他神经官能症的源头呢? 普鲁斯特说,陀思妥耶夫斯基的一生中——他也为父亲的形象所困扰,有错,也有罚,但两者不一定有联系,那么他的情况和陀思妥耶夫斯基一样吗?

普鲁斯特自责杀了自己的母亲(叙述者自责杀了外祖母),这是在替父亲受过。普鲁斯特还将父亲的过错移植到了他的人物戈达尔医生的身上(见《七星文库》出版的草稿),并幻想在戈达尔夫人面前淡化她丈夫的过失,正如普鲁斯特本人在母亲面前为父亲说情一样。

弗洛伊德在《释梦》中写道:"父亲的权威唤醒了孩子的批评意识,他很早就学着辨识父亲的所有弱点,以逃避他严厉的要求;但是对父亲的孝心,特别是在他死后,使潜意识的压抑力变得更加严厉,任何表达这种批评意识的尝试都被压制。"然而,小说则可以通过置换、移置的方式去表达它。在《追忆似水年华》中,一些像凡德伊一样的父亲,为自己的孩子养成的习惯而痛心,他们被迫躲躲藏藏,被孩子们遗忘、否定,就像

① 玛丽·巴尔曼尼(Marie Balmany),法国女作家、精神分析家。

希尔贝特对待斯万一样,她宁愿取其继父的姓,叫希尔贝特·德·福什维尔。

《追忆似水年华》中叙述者的父亲无可指责,但很少陪孩子,甚至在孩子临睡前期待妈妈亲吻的那一幕里也是如此,虽然他让步了,但他没有去陪孩子:给孩子读故事、伴他入睡的人不是他!而且,他不是医生。当医生的父亲形象,即阿德里安·普鲁斯特,是由戈达尔医生扮演的。在从未发表过的草稿中,我们发现,偷情的、对妻子不忠的人是戈达尔医生。要列举他的罪状吗?他追求物质享受,庸俗,没有教养,缺乏智商,让人耻笑,总之,滑稽可笑。一位高雅的父亲被一位可笑的父亲取而代之,戈达尔医生是《追忆似水年华》中最滑稽的喜剧人物之一。如果说,我们不可能历数父亲的罪状,那么小说家则有权利并得到许可,把父亲的过错移置到其他人物身上:鉴于这些人物是虚构的,他们便逃避了责罚和压抑的干预。

普鲁斯特的母亲也并非没有责任。这让我们想到了弗洛伊德对莱奥纳多·达·芬奇的母亲所持的看法:"达·芬奇母亲过度的温情对他是致命的,决定了他的命运,造成了他本人和他生活的缺失(……)。她和那些对生活不满足的母亲一样,把孩子置于丈夫的位置,性早熟使孩子失去了一部分男性特征。"达·芬奇不近女色,他把母亲曾经爱恋的对象当作自己的:"在这个形象迷人的年轻小伙子那里,他既找到了自己的影子,也看到了母亲激情荡漾的痕迹。"亨德莉卡·哈尔伯施塔特-弗洛伊德指出,也许这就是为什么,在《让·桑德伊》这部与《追忆似水年华》相比较为稚嫩、较为粗浅的作品中,负罪情结关乎的中心人物总是母亲而不是父亲。

第六章　初探普鲁斯特的潜意识

从黑夜中,从沉默那里挖掘出看不见、听不见、说不出的东西,这就是普鲁斯特的目的。用马尔罗的话说,就是把最丰富的体验——指内心体验——转变为意识。潜意识——普鲁斯特使用更多的是形容词,而不是名词——属于无意识(*叙述者*自认为得了一种"意志病",这是当时流行的一个术语,里博①的一部论著里谈到了这种病理现象)、本能、下意识举止、欲望、口误、遗忘专有名词这些概念的范畴。这离弗洛伊德所说的冲动不远,也与娜塔莉・萨洛特②后来所说

---

①　戴奥杜尔-阿尔芒・里博(Théodule-Armand Ribot, 1839—1916),法国哲学家、心理学家,心理病理学创始人。

②　娜塔莉・萨洛特(Nathalie Sarraute, 1900—1999),法国当代著名的新小说派作家及理论家。

的向性①差不多。这正是少年普鲁斯特向他的老师达吕吐露心声时，开始观察的那个世界：他告诉老师，他为一种不断伴随着他的双重人格感到痛苦：一个自我在观察另一个自我，意识在寻找潜意识，超我在寻找自我（或本我）。这个过程并非没有痛苦："我大概在十四或十五岁时，就开始自我封闭，研究我的内心生活，但那并不是一种痛苦，而是相反。但是后来，接近十六岁时，这种生活就变得难以忍受，尤其是身体方面，我感到极度的疲倦，饱受某种困扰的煎熬。"然而，接下来的一年，他便付诸行动，应对"无时不在的双重人格引起的疲惫和绝望"。

在《让·桑德伊》中，普鲁斯特就指出，"在我们整个的生命进程中，我们的本能似乎在意识察觉不到的地方，生命不息，如同我们的脉搏在跳动，血液在流通"。他列举了一系列我们意识不到的内心活动——爱情的持续、服丧的悲伤、施舍之举——之后，说道："我们的大脑无法感知到真正的本能，我们与之发生关系的行为本身，就表明了本能持久的生命力。"也就是说，行为就像一种符号，表明了潜意识的激情。让·桑德伊面对稿纸，"写的是他还不知道的事情，即隐藏在表象后的（表象本身并不是象征），而不是理性思维让他觉得合理、美

---

① 向性（Le tropisme），指作用于人的行为的隐晦力量。

好的事情"。

潜意识一词在《追忆似水年华》中出现的频率,要比在普鲁斯特那个时代的小说代表作中高得多。"潜意识的"、"潜意识地"、"无意识"、"下意识的"这些词出现的频率充分表明,对普鲁斯特如同对弗洛伊德来说,引领我们前行的航标就是潜意识。因此,在我们的行为中,一切都有待破解、破译、解读。普鲁斯特在使用潜意识这类词时指出,人的行为在很大程度上是潜意识的,甚至可以说:他们的整个行为——包括语言——都不受意识的支配。另外,弗洛伊德证明潜意识存在的例证——比如说在《超心理学》中,正是普鲁斯特再现、描述、解读的对象:失误行为、口误、梦、回忆:"如果想想我们所有的潜在记忆的存在,"弗洛伊德写道,"我们就绝对不可能对潜意识提出质疑了。"普鲁斯特就是把自己的作品建立在潜在记忆上的小说家。

《追忆似水年华》中的人物只不过是感觉,是本能,是习惯的体现:一切首先是感觉,一切行为都建立在本能的基础之上,而与本能无关的行为就成为习惯。而一切行为首先是潜意识的。也就是说我们意识不到的……。斯万先生是引起叙述者忧伤的"潜意识的始作俑者"。这就是感觉的特征:比如,我们会感到某个夏日那种"无意识的惬意"。还有情感:大部分情感的出现是潜意识的,比如"潜意识的魔鬼情感"、祖父

"潜意识的凶残"。我们可以进行"潜意识的报复",表现出一种"潜意识的愚蠢"。语言表达也会是潜意识的流露,就像我们的暗示、我们的推理。我们对有些词有一种"潜意识的记忆"。最能说明问题的语句,如同诸多的忏悔,是人物不由自主脱口而出的。因此,解读工作是必要的,这是*叙述者*的职能之一:"话语本身只有在被解读的条件下才能给我提供信息。"比如,某个副词自身就表明了两种观点之间潜在的对立冲突。

当然,性首先是潜意识的。对一个戴单片眼镜的女人或一个女骑手的欲望,"与哪一种持久的、潜意识的梦境有关联呢?"*叙述者*问道。关于男同性恋,普鲁斯特描述了一个少女的梦境:她刚刚"无意识地从囚禁她的男体中"苏醒过来,"并从中看出了天性潜意识的神奇力量:它通过性来辨认性别"。这就是为什么有两个德·夏吕斯先生,"理智的"和"下意识的"(雅奈①经常使用该词)。普鲁斯特笔下的爱情产生于妒忌,*叙述者*指出,妒忌就是"这种好奇心,我的智力和潜意识所拥有的一切力量都要与之合作"。

潜意识偏好的活动地点和时间,当然就是睡眠,在睡眠中,我们过着"植物的无意识生活"。睡眠是一种名副其实的死亡,苏醒就如同复活一样,是一种记忆现象。《盖尔芒特家

---

① 保罗·雅奈(Paul Janet,1823—1899),法国哲学家。

那边》中关于"无意识睡眠"的那段描写非常重要：在睡眠中我们到达了"洞穴，在这里，'自我暗示'如同巫婆一样，正在调制产生幻想症或导致神经症复发的魔法汤"。潜意识所呈现的这一画面与被遗忘的神秘湖所展示的画面，不是同样让我们产生联想吗？就这样，普鲁斯特对各种梦境进行了至关重要的盘点，包括父母被关在老鼠笼里的梦。

我们自然而然地从无意识的种种表现过渡到潜意识本身，与弗洛伊德不谋而合。普鲁斯特在给雅克·里维埃①的信中写道，他把潜意识排在智力之前。《重现的时光》中的叙述者说，他的注意力在勘探他的潜意识时，会去寻找充满神秘符号的心书，这种阅读即是一种创作行为。他的注意力要"去寻找、碰撞、躲避，如同在水下探测的潜水员一样"。因此，和《欢乐与时日》中的那些女主人公以及让·桑德伊一样——他们就生活在弗洛伊德给弗里斯写信的那个时代，《追忆似水年华》中的男主人公把目光转向自我，并且与作者一样，进行自我分析："那些用不着我们通过个人努力去辨读、澄清的东西，"普鲁斯特写道，"那些在我们之前便存在的东西，不属于我们。唯有我们从自身的、不为人知的阴暗处提取出来的东西才来自我们自身。"

---

① 雅克·里维埃(Jacques Rivière, 1886—1925)，法国作家，《新法兰西杂志》的创建者之一。

他稍后又补充道,这种阴暗藏匿于"确实存在过但不为我们所知的事物的深处"。"我们自身的阴暗角落"不是潜意识是什么呢?还有记忆,无意识的记忆,它躲藏在暗处,一接到突如其来的感觉、梦……的诉求,便冒出来。弗洛伊德对这一具有爆炸潜质的机制——从古到今——进行了描述:被压抑的思想和情感,如同原始冲动,必须乔装打扮才能进入意识的领地。潜意识充满欲望,没有疑虑、没有缓期、没有逻辑。普鲁斯特指出了梦不合逻辑的特征。

艺术家在两个方面要服从潜意识:一是作为研究对象,二是作为分析主体。如同埃尔斯蒂尔①一样,他有一种"潜意识的禀赋",他的艺术法则和表达程式就来源于此。他的作品有一部分不受他控制:那就是"思想的藏身之地——普遍存在的潜意识机制",是被思想所掩盖的"潜意识的主体构架"。在艺术创作当中,除了聪明才智,还有别的东西:"我越来越不相信智力,"《驳圣伯夫》的作者写道,尽管他自己很聪明。《失踪的阿尔贝蒂娜》中的叙述者说,我们的潜意识比我们自己更加敏锐。然而,先得从智力开始,而不是"潜意识的直觉"。这部小说的主题就是:生活告诉我们,"对我们的心灵或思想至关重要的东西,不是推理而是别的潜能教给我们的。正是智力本

---

① 《追忆似水年华》中的人物。

身意识到了这些潜能的优越性,并在它们面前理智地认输,同意成为它们的合作者和奴仆"。这些潜能的背后,隐藏着它们赖以栖息的潜意识。

第七章 考 古 学

　　重大的科学发现,包括人文科学,都是借助于其他学科的模式来实现的。没有这样的借鉴、交叉、这样大胆的学科综合,没有与大学和学院悠久传统的决裂,就没有知识的进步,也没有艺术的进步。我们可以有多种模式:进化科学,首先是达尔文的理论——弗洛伊德和普鲁斯特都谈到过(《索多姆和戈摩尔(I)》),还有生物学、植物学(普鲁斯特在《索多姆和戈摩尔(I)》中运用了兰科植物授粉的理论知识,借鉴了梅特林克的《花的智慧》)。弗洛伊德和普鲁斯特在他们的探索中,都有意识地借鉴了考古学,他们那个时代正是考古学蓬勃发展的时期。美索不达米亚、克里特、埃及是谢里曼①、伊文斯②或

---

① 海因里希·谢里曼(Heinrich Schliemann,1822—1890),德国考古学家。

② 约翰·伊文斯(John Evans,1823—1908),英国考古学家。

马斯佩罗①的研究重点。普鲁斯特甚至涉足了中世纪的考古学。至于庞贝城,弗洛伊德和普鲁斯特都很感兴趣,它属于十八世纪以来有文化的人所共享的知识范畴:就像圣经中的城市索多姆和戈摩尔一样,庞贝城象征意义的解读已进入成熟期。

有人指出,弗洛伊德把对潜意识和历史的探索比作考古学,从而表明他对该学科的热爱。普鲁斯特在谈到历史探索时没有使用这样的比喻,但是,埃尔斯蒂尔对巴尔贝克的教堂所做的解释,参考了埃米尔·马勒的著作,有关贡布雷教堂墨洛温王朝地下室的描述,则借鉴了米什莱②和梯叶里③的论著。

弗洛伊德和普鲁斯特总是追根溯源,深入本质。在人们的经历、言辞、行为的背后,总是存在一些有待挖掘的东西。在言辞和举止的文本空间和现时的表层下,存在着一些深层的东西,就像重叠在一起的各个时期的特洛伊城④。谢里曼是弗洛伊德的一盏指路明灯,他买了谢里曼的书《伊利奥斯》:

---

① 加斯东·马斯佩罗(Gaston Maspero, 1846—1916),法国埃及学家。

② 于勒·米什莱(Jules Michelet, 1798—1874),法国著名历史学家。

③ 奥古斯丁·梯叶里(Augustin Thierry, 1795—1856),法国历史学家。

④ 考古学家将特洛伊城址的文化堆积分作九层。

"这个男人在发现普里阿莫斯①的宝藏时找到了幸福,唯有孩提时的愿望得以实现,才能造就幸福,这是千真万确的,"弗洛伊德1899年5月在给弗里斯的信中写道。十二月份的时候,当他在一个病人那里发现了"深深埋藏在所有幻想中的追溯到他两岁之前的一幕原始情境"时,他完全进入了主人公的角色,大喊道:"一切就像谢里曼让特洛伊城重见阳光一样发生了,我们还以为这座城市是想象的。"1931年,他又写道:"小女孩进入前俄狄浦斯期让我们感到惊讶,就像在另一个领域,说米诺斯–迈锡尼的文明是在希腊文明之后发现的一样。"

为了复原原始情境,精神分析学家弗洛伊德深入幻想世界,挖掘蛛丝马迹。在时间方面同样应追溯到童年:考古学家的研究首先与"贡布雷"开始时的有意识记忆进行的探索相似。接着,无意识记忆突然出现,犹如考古探索者的意外发现。还应该注意那些反映潜意识的言辞、举止,比如阿尔贝蒂娜使用的某个词语("被人上后庭……"),这也是普鲁斯特自己的术语,因为女人不用这个词:普鲁斯特在此表明,他的人物是个变性人,这个女人是个男人。阿尔贝蒂娜是男人,就像夏吕斯是女人一样("一个十足的女人!")。

弗洛伊德在他最后写的一篇文章"分析中的建构"(1937)

---

① 特洛伊王。

里,详细地谈到了精神分析家与考古学家之间的相似性。考古学家通过修复缺失的部分,来重建整个建筑物。分析家也一样,但他的研究对象是有生命的,是"某种依然活着的东西"。普鲁斯特的回忆也是重建、解读,他也力图给记忆,给历史的年轮打上时代的印记,使"某种依然有生命的东西"复活。然而,小说家享有一种额外的特权:他可以虚构。但是,我们知道,关于赛莱斯特·阿尔巴莱的表兄拉里维埃,从某种意义上说,普鲁斯特没有杜撰任何东西,他自己也否认有任何虚构的地方。

什么也不会消失

我们在《文明及其缺憾》中读到:"让我们想象一下,如果罗马不是一个人类居住的地方,而是一个有着历史同样丰富多彩、同样悠久的个人,在他身上发生过的一切都不会消失,他在早期和近期的各个发展阶段都会并存下去。"

因为,在弗洛伊德看来:"心理生活中的一切都不会消失,已经形成的一切都不会消失,一切都会以某种方式被保存下来,并且一有机会便重新登场……"

在《在花季少女们身旁》中,普鲁斯特就一个微小的细节,一个"闲话",写道:"这个闲话使我明白,分心、专注、记忆、遗忘在人头脑中的比例多么出人意外，这让我惊叹不已，就像那天我在马斯佩罗的书中头一次读到，人们居然知道公元前十世纪阿苏尔巴尼帕①邀请参加狩猎猎手的准确名单。"普鲁斯特总是将一些技术知识的元素放到隐喻当中，它们非但不会显得有学究气，而且还会产生一种诗意化的或幽默的效果。要把这些元素重新纳入百科知识的范畴，就必须将比喻分解为不同的成分，就像分析梦一样。

在开始写作《在斯万家那边》之前，在1907年3月写的一篇文章中，普鲁斯特说了一段更加意味深长的话，但在发表时被《费加罗报》的领导删掉了。诗人们为注定被遗忘的生命唱赞歌，遗忘吞没了"人的记忆中似乎最为确定持久的东西"。"可是，相反，考古学家和档案管理员却指出，什么也没有被遗忘，什么也没有被毁掉，生活中最微不足道、最远离我们的情形，在广袤的历史墓地里都留下了印记，人类每时每刻都在讲述自己的生活；自古以来，克里特、埃及或亚述的每一块土地，都等待着历史来光顾它们。"在提到勒诺特②关于法国大革命时期日常生活的研究之后，他说："或近或远，无论是接近我们的时代或史前时代，没有一个细节，一个生活细节，彻底消亡，

———————————

① 亚述王。
② 泰奥多尔·勒诺特(G. Lenôtre, 1855—1935)，法国记者。

54

无论它看上去多么微小，多么脆弱。""在地球表面上出现的众多的生存者那里"，我们应该看到一种乐观向上的召唤（正如普鲁斯特的作品一贯所表现的那样，他喜欢援引拉斯金认为是出自圣·约翰的那句话："趁着有光明的时候，努力吧"），那是召唤历史学家、小说家、心理学家、整个人文科学要努力工作。

庞贝城的主题

从《癔症研究》（1895）开始，弗洛伊德就把他的研究比作挖掘一座古城的工作。他向患者——"鼠人"展示他办公桌上摆放的古董，它们类似埋藏在潜意识中的印象："正是由于这些古董被埋藏，所以它们才被保存下来。庞贝城只是现在——自从被挖掘出之后——才变成废墟的。"弗洛伊德在《詹森的"格拉迪沃"中的幻觉与梦》中，把埋藏比作压抑："压抑既使心理活动变得无法接近，又完好地保存了它，其实，压抑被比作埋藏是最适合不过的了，庞贝城遭受了被埋葬的命运，但借助铁铲的帮助，它便得以重生。"然而，我们知道，詹森这个富有诗意的故事发生在庞贝城，其主人公就是一位考古学家。我们理解他为什么让弗洛伊德着迷。

但是，当物品没有完好无损地得到保存，而修复工作成为必要时,会发生什么事呢? 关于对少女杜拉的分析,弗洛伊德说,"我补全了不完整的地方,但是,如同一个一丝不苟的考古学家一样,在每种情况下,我都忘不了把我对真实部分所做的修补公之于众。"关于梦中的移置,普鲁斯特使用了修复的形象比喻:"这就好比无知的考古学家修复的大教堂中这些被损毁的圣像。"相反,在无意识记忆产生的复活中,不存在被修复的部分,也不存在给修复物推定年代的困难。无论如何,普鲁斯特没有提到这一点。充当缝隙、填料、修复的是叙事,是娓娓道来的故事,它在古老的记忆中引入了现代元素,现代元素成就了小说,就像它们成就了弗洛伊德的分析一样。

此外,在谈到巴尔贝克堤坝上的那些少女时——她们失去了最初亮相时的魔力,普鲁斯特指出,考古学家告诉我们,米诺斯①并非神的创造物,他就是一个普通的国王而已。这个失去了诗意的现实,这个被平庸化了的历史,类似被精神分析家去掉了魔力的幻想。

对普鲁斯特和弗洛伊德来说,庞贝城有着很大的吸引力和象征力。落日时,送疾病发作的外祖母和孙子回家的马车,在一面通红的墙上,投下了一个黑影,"犹如一辆柩车行驶在庞贝城的一片红土上"。庞贝城也与死亡相关联,1914 年世

---

① 希腊神话中的克里特国王,主神宙斯和欧罗巴之子。

界大战期间,夏吕斯想象巴黎被炮灰埋葬,巴黎市民和他们保存的珍贵物品一起葬身火海:"如果我认为,"夏吕斯说,"我们明天的命运可能和维苏威火山附近的那些城市相同,那么,这些城市以前曾经也感受到《圣经》中被诅咒的两个城市①的命运在威胁着它们。人们在庞贝城一幢房子的墙上发现了具有启示性的题词:索多姆,戈摩尔。"在这座象征着潜意识的死亡之城的背后,我们发现了一种和索多姆相关的负罪感。

于是,我们明白了少年普鲁斯特对小普林尼②的崇拜。我们曾经在课堂上翻译了后者的两封信,他在信中讲述了维苏威火山爆发的情况。他告诉我们,当残废的母亲恳求他一个人走的时候,他是怎样用双臂抱起她,救了她的命。庞贝城也是这个年轻人最能证明他深爱母亲的地方,普鲁斯特很想成为普林尼。弗洛伊德告诉了我们救父救母的幻想意味着什么("男人对象选择的一种特殊类型",1910)。这种幻想来自孩子回报父母给与他生命的愿望。但是,这个愿望的背后,还有另一个愿望,那就是和他母亲生一个和自己一样的孩子,从而成为孩子的父亲。

---

① 指索多姆和戈摩尔。

② 小普林尼(Pline le Jeune,61—114),罗马帝国的元老、作家。

第八章 记 忆

　　我们的档案资料来源于记忆吗？弗洛伊德1898年提到记忆的功能时，就是这么认为的："我们喜欢把记忆想象为面向所有那些被求知欲激励的人开放的档案资料。"几年以前，让·桑德伊想到了他的过去："所有这一切的真实写照在他记忆的档案里占据了一席之地，档案数量庞大，绝大部分他从来都不会去看，除非一个偶然的机会才会使它们重见天日……"他从来都不会去看：我们依稀听到了弗洛伊德的声音，他声称，"意识每一时刻只包含微小的一部分内容"，其余的内容都处于潜伏状态，"也就是说，处于一种潜意识的心理状态"。他在《超心理学》中说，如果我们考虑到所有记忆的存在，"我们就不会质疑潜意识的存在了。"我们几乎不再相信，我们的记忆会像一些排列整齐的档案一样被保存着。要不就是，有些不怀好意的人前来偷窃一些禁止查阅的文件,用另外一些假冒的文件替换它们,或者把有些会牵连他们的文件夹藏起来。记忆不断地调整其储存库的信息。

在1898年的一篇文章中,弗洛伊德列出了七个有助于我们唤醒记忆的因素:

1. 个人的心理素质,

2. 感觉在不久前出现时的强度,

3. 我们当时对它的关注,

4. 当前的集群心理,

5. 我们现在对唤醒的记忆的关注,

6. 相关感觉曾经牵扯到的联动关系,

7. 某个特殊的心理因素当时所呈现出的有利或不利的表现方式,它力图阻止某种可能产生不愉快的事情再次发生。

我们很容易将这些分析原则应用到普鲁斯特的回忆中去,而且很有收效。

普鲁斯特的回忆中最著名的那些例子不是视觉方面的,而是嗅觉的记忆,是触觉,是平衡感,它们轮流受到召唤,时间和意识记忆对它们的侵蚀最小。弗洛伊德强调视觉记忆的重要性和持续性。"从思想到视觉画面的转变,可能是试图重生的视觉记忆诱惑思想的结果,与意识分离的思想渴望表现自己。"因此,我们就可以在被照亮的墙面和绘画的意象之间建立联系：如同在梦中，在小说中，童年一幕的替代品因为被移植到最近的过去，因而被改变。普鲁斯特参观了一个荷兰画展，重温了"绝世佳作"，正如他在一封信中所写的，并将这幅画写进了他的小说。那么，什么是被改变、被移植到童年的那一幕呢？

那是记忆中的一幕：每当*叙述者*回忆起贡布雷时，童年时那照亮的墙面便映入眼帘，被蜡烛照亮的墙面让他想起睡前等待母亲亲吻的那一幕。"浮现在我眼前的只有那明亮的墙面，它在茫茫黑暗之中闪闪发光"，他说。对绘画的特殊兴趣也许来源于童年的一些幻象，就像对音乐的爱好来自声音的、非语言的、无画面的愉悦——这种爱好要追溯到一个更加古老的时代：我们不是让孩子在娘胎里就开始听音乐吗？这种视觉上的愉悦往往与某个有待阐明的内容丰富的场景相关，而有一天，弗美尔[①]的画作《代尔夫特的风景》里那一小块黄色的墙面让贝戈特[②]感受到了同样的愉悦。"绝世佳作"源于我们的童年，表现了我们的童年，向短暂易逝、美妙神奇的视觉展现了画作生命的永恒：贝戈特死了，他的记忆，他的幻想也随之消失，但《代尔夫特的风景》生命永存。

---

① 扬·弗美尔（Johannes Vermeer, 1632—1675），荷兰画家，又译维米尔。

② 《追忆似水年华》中的人物，叙述者欣赏的作家。

对于弗洛伊德来说，记忆非但没有掩盖潜意识，反而还证明了它的存在。潜在的、表面上被遗忘的记忆会再度出场，这种情况对于当前的、瞬时的甚至有意识的记忆来说，太多了。我们的记忆，"包括最深入我们内心的记忆，本质上都是潜意识的"。它们在潜意识状态下各显身手，弗洛伊德补充道。看似矛盾的是，"正是那些影响最为深远的印象——我们青春初期的印象，几乎永远都不会进入我们的意识领域"。回归意识的情况很罕见，《在斯万家那边》讲述的就是这样的一个故事。鉴于意识与记忆相互排斥，写作对于保留记忆的痕迹就至关重要。童年是记忆与梦的主要源泉。"我们分析的梦越多，我们发现童年往事的印记就越多，这些往事在潜在的内容中扮演的角色是梦的源泉。"1898 年，在他开始对自己的童年往事感兴趣时，弗洛伊德感到自己被大量的记忆所淹没。

我们在普鲁斯特的书信往来中，没有发现弗洛伊德写给弗里斯的那类信件；当然，普鲁斯特在五年当中写给雷纳尔多·阿恩①的信件全部消失了，我们永远也不会知道塞莱斯特·阿尔巴莱②声称在战争结束时应作者的要求所烧毁的那些练习本里的内容是什么。我们找不到它们，更何况普鲁斯

---

① 作曲家，普鲁斯特的男友。
② 普鲁斯特的女管家、秘书。

特没有向任何人袒露他的私密情感，即使是他母亲。普鲁斯特第一次尝试自我分析是 1895 年到 1899 年写作《让·桑德伊》的时候，也就是说，正是弗洛伊德与弗里斯通信的时期。第二次尝试，大概是在他母亲去世后，在索利耶医生的诊所接受治疗和 1906 年秋逗留凡尔赛的时期，但很可能不是通过书面方式。这种默省最终促成了 1907 年那篇文章的诞生，它与无意识的记忆一样具有爆炸性："一个弑母者的孝心"，还有诞生于 1908 年的第一个练习本，这至少确定了他开始动笔的日期。就是在这个练习本里，普鲁斯特记录了他的梦。

梦与记忆

我们在梦中会想起清醒时的记忆所遗漏的某件事情。有时，梦是保留记忆的最佳方式。当一个新的事件——往往是偶然发生的，"让我们回想起以前的揭示了梦之源头的某个事件时"，我们就会意识到这一点。此外，梦会包含一些清醒时所无法接近的记忆，尤其是童年的记忆，或者说孩提时的一些欲望、冲动。另外，梦选择的不是我们清醒时视为最重要的那些事件，而是最无关紧要的细节。我们习惯上认为，我们回忆的是重要的事情，不是一些无意义的琐事。然而，有关童年回忆的研究表明，梦所涉及的往往是一些无关紧要的细节，而不是重要的事件。其实,有一些内容被搁置在了一边,所以相关的一幕便显得无关紧要。普鲁斯特在《在花季少女们身旁》中指出:最能唤起我们对一个人的记忆的,正是我们早已遗忘的事情,因为那是无足轻重的事,因此它的全部生命力便得以保存。

对于普鲁斯特的这种看法,弗洛伊德做了相关的补充:记忆之所以得以保存,不是因为其本身的内容,而是因为它与另外某个被抑制成分之间的关系。当我们能够重建这些元素,我们就会发现这一幕的重要性("贡布雷的一切都从我的茶杯中脱颖而出":贡布雷的一切都是重要的,但茶杯不是)。因为,"在梦中,表象重返有一天它曾经摆脱了的感觉影像"。有意识的回忆,不能使最初的"感觉影像"复活,而梦则可能做到这一点。在此,我们隐约看到,普鲁斯特的无意识记忆至少部分地扮演了弗洛伊德笔下的梦的角色。只有它才能恢复最初感觉的强度,比如说玛德莱娜蛋糕的那一幕。

我们可以肯定,我们曾经拥有的一切,无论是精神层面的还是来自梦的,都不可能完全消失。与其说是"记忆",我们不如说是"记忆的痕迹",无论是视觉的还是听觉的(但不是味觉的,也不是嗅觉的:在梦中我们既没有嗅觉,也没有味觉),梦分解为这样的一些小单元。而且,根据弗洛伊德的观点,我们称之为我们个性的东西,正是建立在这些痕迹及其关联体系之上的,所有小说家都在寻找这种个性。

弗洛伊德的记忆不是幸福的记忆,因为它建立在一种残酷的悲剧之上。相反,普鲁斯特的记忆懂得展现幸福时刻的艺术。从《让·桑德伊》开始,主人公就在梦中听到了前女友情人的名字:"这是他以前的灵魂,大概是因为没有与之告别而惶惶不安,这天晚上,灵魂趁着黑夜回来感动他,诱惑他,让他不得安宁,因为大白天是它的禁区。"禁区?这里指的是压抑。

所有关注普鲁斯特记忆的人都会发现,无意识的记忆只会带来幸福的或平淡无奇但充满快乐的回忆(如小玛德莱娜蛋糕、餐巾、高低不平的路面),除了《索多姆和戈摩尔》中"心跳的间歇"里出现的两个例子。叙述者在提到过去的一些举动并重复它们时,发现了为外祖母服丧的广泛意义。在得知阿尔贝蒂娜认识凡德伊小姐及其女友时,他又看到了在蒙舒凡的那一幕,并把阿尔贝蒂娜想象为正在调情的(或激情荡漾的)女同性恋。

弗洛伊德对痛苦的无意识记忆做出了解释。"心跳的间歇"中的那一幕阐明了他的理论,他认为,"当某个事件产生了某种不愉快之后又重蹈覆辙时,抑制力便跟不上了。于是,记忆就像呈现当前发生的事件一样,开始发挥作用"。这正是普鲁斯特让我们看到的情形:叙述者发现,他永远失去了外祖母,阿尔贝蒂娜是由凡德伊小姐的女友(同性恋)抚养大的。当然,弗洛伊德补充道,这种情况的发生只涉及到与性有关的事件。我们可以看出,以上两种情况都牵扯到了性。

屏蔽记忆[①]

弗洛伊德毫不客气地评价了诗意化的童年记忆。他指出,如果这些记忆充满诗意,那它们就不是真实的记忆,而是屏蔽记忆,如果我们把所回忆的场景简化为不同的组成部分——而且日期各异,该场景就不再充满诗意了,因为它掩盖了某个粗暴的现实,比如说破坏童贞的欲望。童年的回忆是"想象",就像自传或日记是"诗意化的虚构",是掩盖真正的记忆痕迹的屏障。来自童年的回忆是不存在的;只有后来形成的与童年相关的回忆。"所谓童年初期的回忆并非真实事件的遗迹,"弗洛伊德写道,"而是后来对这些遗迹加工处理的结果,这样的处理一定是在后来介入的不同心理作用的影响下完成的。"因此,一般来说,"童年记忆"意味着屏蔽记忆。我们还要补充的是,这些屏蔽记忆没有掩盖其他的记忆,而是掩盖了一些记忆的"痕迹"。压抑实现的基础便是这些痕迹。被压

---

① 即屏蔽了真实记忆的虚假记忆。

65

抑的记忆破碎了;碎片如同化合物一样重新组合,篡改记忆:
"被看到的那一幕的一个碎片,于是便与被听到的那一幕的一
个碎片相结合,构成一种幻想,而没有被使用的碎片则进入另
一个组合,"弗洛伊德对弗里斯写道。因此,幻想就是记忆的
死亡。当幻想被压抑时,它就变成了童年场景。但是,幻想与
童年场景之间有一些共同的特征,一些记忆的痕迹。

正是那些未被注意到的细节(如那一小块黄色的墙面,有
人把它比作弗洛伊德记忆中的一件黄色连衣裙,这件裙子与
一次失恋有关),表明了记忆的真正源泉,人们把它比作艺术
家的签名。

一个场景在记忆中再现了后来某个时期的一些感觉和思
想,与这个时期保持着象征意义上的关系(如凡德伊小姐与蒙
舒凡那一幕的再现,当时*叙述者*就要与阿尔贝蒂娜离开巴尔
贝克)。弗洛伊德本人在回想起他曾经爱过的那个姑娘穿的
黄色连衣裙时,就将这个画面融入到后来的一个场景之中。
他的记忆体现了"诗意化的杜撰"。但是,在其他情况下,这一
幕可能是以前出现的:屏蔽记忆可以是倒退的或提前的。弗
洛伊德本人就介绍了一个倒退记忆的场景,"后来发生的一次
诱惑行为——即唆使自慰的行为——的记忆"被追溯到幼年
时期。小希尔贝特在当松维尔公园里做下流动作的那一幕,
是否来自后来的某个场景呢? 谁能回答这个问题呢? 还有散

发着菖蒲花芳香的房间里发生的那一幕呢？我们还会想到叙述者和希尔贝特在香榭丽舍大街的树丛里玩的游戏——另一个自慰场景。几个时代纵横交错，人物的年龄漂浮不定，这里自有原因：如果他们是孩子，他们如何能做出这样的事呢？如果他们是青少年，他们又怎么能够在公园里玩这种游戏呢？

在围绕着童年回忆进行文学创作的探索方面，弗洛伊德走得更远。他宣称，行动的我与回忆的我之间的对抗证明，最初的印象被重新加工过。一个作者一讲述他的童年回忆就足以表明，这是个虚构的故事。始于童年的某个记忆痕迹"在后来的某个时期（清醒的时期），成了对既往情景进行造型和视觉处理的对象"。最初的印象没有进入我们的意识。其实，在《在斯万家那边》中，说"我"是普鲁斯特也好，还是叙述者——虚构人物——也好，并不重要：一切皆为虚构。

想到我们无法了解原始的记忆痕迹，是令人沮丧的，普鲁斯特本人也不了解。但是，根据神经官能症患者的自述来看，这些痕迹也许平淡无奇。不是因为我们痛苦，我们就很独特。一位被分析的小说家可能把他的作品建立在明确的幻想、被解析的梦、被自己接受的个人悲剧之上。这并非没有审美风险：市场上到处都是这类哀婉动人的书籍，名义上是小说，是根据写给失而复得的父亲、母亲、男情人或女情人的一封信改写的。让我们想象一下：莎士比亚给他母亲或父亲写了一封信，或是一些伪装成虚构故事的童年回忆:哈姆雷特会荡然无存。普鲁斯特劝诫作家,包括纪德,不要记笔记,不要写日记:我们可以想象这种场景,想象一个只为自己的笔记和日记存在的人会是个什么样子。

说到"贡布雷",我们可知道茶杯那一幕的背后隐藏着什么吗? 同样,我们也不清楚《重现的时光》中的白色餐巾的寓意是什么,除非我们把它与《让·桑德伊》中对白色床单的无意识记忆联系起来,它和《在花季少女们身旁》中描写的昔日的毛巾和餐巾一样,上了浆,又硬又干。《让·桑德伊》是普鲁斯特的第一部小说,更接近自传,小说中,一个佣人的毛巾散发出的味道使让·桑德伊想起了他的母亲:她把自己放在床上,他穿着白色的睡服(这种睡服无性别之分:所谓的睡衣是后来才发明的,是后来才成为睡服的),盖着白色的被单。母亲和孩子成双成对,儿子依偎在妈妈的怀抱里,裹着他的白色床单来自何处? 他这是躺在哪对夫妻的床上?

另一种假设也有可能。如果从潜意识中涌出的很少爆发的迷狂记忆、无意识记忆的启示,与分析所得出的结果一样呢? 或者说,至少,它们躲过了审查和压抑那一关呢? 否则,有意识记忆和无意识回忆之间还有什么区别呢? 难道,我们不能认为这些记忆冲破了所有的屏障吗? 有人会说,在小玛德莱娜蛋糕蘸在茶里的回忆中,在盖尔芒特府邸不平坦的路面上,没有任何不名誉的或悲剧性的成分。完全没有,除了它们身后拖着的这张联想大网。有人说,"一个痕迹只有在与其他痕迹联通时,才会开口"。这就是著名的自由联想规律原则上所导致的结果。这样的联通在文学作品中已经存在。

　　一切表明,无意识记忆和梦的记忆仿佛沉浸在一个没有时间的世界里。弗洛伊德强调指出:对于潜意识来说,时间不存在;时间只存在于意识。直觉与漫长的叙述时间是对立的。无意识记忆,就像潜意识一样,无视时间的存在,或者说构成了一段纯粹状态的时间。"时间才过了一秒钟,却仿佛它已经走了几个钟头",这句话并非出自一个超现实主义者;它出现在斯万的梦中。《重现的时光》中的叙述者说:"梦之所以曾迷住了我,或许还因为它与时间玩的绝妙游戏。我不是常常在某个夜晚、某个夜晚的某一分钟,看到已经非常遥远的时代吗? 这些时代与我们隔着千山万水,我们已丝毫辨别不出当时的感受,此时,它们却向我们全速扑来,它们的光芒照得我们眼花缭乱,好像一群大型飞机,而不是我们原来以为的苍白星辰,使我们重新看到它们对我们而言所蕴含的一切内容,从而给予我们感动、冲击和它们发出的近在咫尺的光芒。"

第九章 童 年

　　普鲁斯特和弗洛伊德一样，都把一切心理冲突的根源归于童年。普鲁斯特多次把叙述者心理障碍的根源归于临睡前期待妈妈亲吻和父亲妥协的那一幕！而弗洛伊德则声称："我认为，童年的影响在神经官能症最初形成的时候就初露端倪，个人在面对生活中的真实问题时是否会崩溃，在哪个结点上崩溃，童年的影响都起着决定性的作用。"关于他的一位病人，他说："好像有一条源自童年冲突的连续不断的心理活动线，与他生活的整个脉络紧密联系在一起。"他就像是在点评叙述者在贡布雷时期待妈妈亲吻的那一幕。我们曾经在想，这一幕是否构成一种屏蔽记忆，叙述者把他焦虑、失败的根源都归于了它。弗洛伊德和普鲁斯特最有慑服力的发现之一是，"人最常见的欲望之根源是童年"，这些欲望是不可告人的，甚至躲避了有意识的记忆和观察。孩子从快乐原则,从即时可以得到的满足过渡到现实原则,过渡到获得满足的时刻被延迟的阶段。延迟一种欲望的满足,就是进入自我控制的机制。但是,在人的整个一生中,这两种原则总是相互争斗,在临睡前期待妈妈亲吻的那一幕里,贡布雷的小男孩忍受了痛苦的折磨,使快乐原则取得胜利。他自己意识到,他的神经官能症始于那个时期。

对幼年的探索,在弗洛伊德那里属于梦的世界,而在普鲁斯特那里则被归于无意识记忆。但是,如果没有忘却,便不会有无意识的记忆。弗洛伊德第一个指出了童年记忆缺失的重要性(1905 年,他谈到了 1899 年那篇被收入《精神病理学》中的关于屏蔽记忆的文章),记忆缺失也发生在《在斯万家那边》中的小男孩身上。我们在《性学三论》中读到:"这些被遗忘的印象并非没有在我们的心灵中留下最深刻的印记";"贡布雷"第一章结束时,叙述者提出了这样的问题:"所有这一切在我的心目中其实早已消亡了。永远消亡了? 有可能。"叙述者对他幼年的记忆只有一个:入睡的悲剧。其他的一切都被压抑,仿佛被这唯一的、掩盖了其他一切的记忆所摧毁:"往事也一样。我们想方设法追忆往事,但枉费心机,绞尽脑汁也无济于事。"主人公认为,往事隐藏在非智力所能及的地方,隐藏在"某个物质对象"之中,也就是说一种感觉之中,深深埋藏的感觉是物质对象的反映。感觉是通过某种无意识的联想现象而复活的。

记忆没有消失，尽管我们不知道产生压抑的力量是什么。压抑与孩子的性欲有联系吗？总之，弗洛伊德指出，"人拥有记忆留下的许许多多的遗迹，意识不可能拥有它们，在某个联想程序的作用下，这些遗迹便成为被意识主体所摒弃和压抑的成分的兴趣中心"。幼年的记忆缺失为我们创建了一种"史前史"，掩盖了我们最初的性生活。这里的我们，是贡布雷的*叙述者*，也是普鲁斯特。小玛德莱娜蛋糕那一幕使某些遗迹，某些力量得以复活。

弗洛伊德谈儿童性欲

"孩子出现时"，家庭成员不该"大叫着鼓掌"。对这些粗暴的举止、释放或隐藏的攻击、不可告人和未表示出的欲望，现代父母视而不见的所有一切，弗洛伊德都进行过描述、曝光、解释，也就是说归纳出了其原因。但他这样做并非没有受到伤害，首先是对他自己而言。没有哪个主题会招来更多的抵触、讥讽，更不受欢迎。谁没有听到过一个哲学教授在提到肛虐时大笑的故事呢？

我们较少关注弗洛伊德的艺术表现力，它具有浓厚的文学色彩。比如,他在描述有一个小弟弟的孩子时说:"他感到自己被摘去王冠,权利被剥夺,利益受到损害,他对小弟弟或小妹妹充满妒恨,并对不忠的母亲怀恨在心,这种情感常常表现在其行为的改变上,他变得令人讨厌。(……)我们常常不清楚嫉妒的原动力是什么(……)孩子对爱的要求是没有分寸的,是排他性的,他拒绝任何形式的分享。"弗洛伊德前面还说:"看来,孩子对母乳的贪欲是难以满足的,他失去母乳的痛苦是永远无法平息的。"但是,尤其具有启发意义的是,他对儿童种种性欲的描述,这种欲望常常不能得到满足。

弗洛伊德认为,儿童性欲的发展经历了一个潜伏期,这个时期形成了后来抵抗性冲动的心理动力:"厌恶感、羞耻感、道德感和唯美感。"因此,我们看到了贡布雷的小主人公对文学的梦想。儿童的兴致转向性以外的领域:这就是升华。弗洛伊德声称,童年时代,性无用武之地,而且它"本身就是反常的"。

一切都始于各种各样的欲望:哺乳时期开始的吮吸、触摸,尤其是对生殖器部位的触摸、自体性行为。孩子从自己的身体上得到满足。虽然他还没有外在的性对象,但他对一些性敏感区并不陌生,如嘴唇——亲吻的器官(除了贡布雷那一幕,我们还知道普鲁斯特笔下其他的亲吻场景,比如说叙述者亲吻阿尔贝蒂娜那一幕)。关于"唇部天生丰腴的"那些人,弗洛伊德谈到了"变态亲吻的欲求")。

无意识记忆战胜了童年记忆的缺失,让我们发现了被压抑的东西:普鲁斯特笔下儿童性欲的整个世界。临睡前期待妈妈亲吻的那一幕,涉及到与母亲最早的接触、哺乳时期、最初的吮吸。在散发着菖蒲花芳香的小房间里,出现了一些自慰的画面:"像探险的旅行家或者绝望得要自杀的人一样,我悲壮之余,犹豫不决,力不可支,我内心另辟蹊径,却又觉得那是死路一条。这时,除了垂到我眼前的那棵野生的黑茶藨子树的叶子,出现了一条类似一只蜗牛行迹的自然踪迹。"散发着芦笋味道的尿液,让人想到生殖器的功能。

然而,孩子还是发现了一些来自外部的性对象。独处乡下,他兴奋不已,随即产生了将一位农家女子拥进怀里的幻想:快感顿生。幻想增强性感,反之亦然。弗洛伊德说,性冲动促使孩子成为有窥淫癖或有暴露癖的人,或者致使孩子变得残忍。在小径深处,希尔贝特表现出了她的暴露癖,而叙述者的窥淫癖亦暴露无遗。另外,他还隔着玻璃窗偷窥凡德伊小姐及其女友(她们自己就有暴露癖:"有人看咱们,那不更好吗")。而残忍则无处不在,比如:让外祖父喝白兰地来折磨外祖母,弗朗索瓦丝①残忍杀鸡,欺负厨女。不是孩子残忍,而

---

① 《追忆似水年华》中叙述者家的女佣。

74

是孩子在这样的环境中学会了暴虐,这样的一种教育让他后来走进了朱比安的妓院(《重现的时光》)。

叙述者散步时,看到公园深处有个小女孩,她就是希尔贝特·斯万,她朝叙述者做了一个下流动作;他还看到了眼球突出的夏吕斯:这就是弗洛伊德谈到的诱惑的降临,诱惑可以使孩子变成一个"邪恶多端"的人,使他干出各种大逆不道的事。弗洛伊德暗指"在一个老练的诱惑者支配下,喜欢上各种反常行为并在往后的性活动中加以实施的"那些女人。有各种反常行为的倾向"根深蒂固,是人类普遍的本性"。在"贡布雷"那一章里,有一个很有意思的移置现象:公园深处的希尔贝特和眼球突出的夏吕斯施行诱惑的那一幕,并没有立刻产生效应。但是,在鲁森维尔城堡塔楼的附近,孩子们在戴奥多尔本人的带领下,从事了性活动,这是我们后来得知的。再后来,孩子们又相聚在香榭丽舍花园,叙述者与希尔贝扭打起来。叙述者属于《性学三论》谈到的那些人,他们在与同学扭打的时候会感到一种性器官的冲动。

至于残忍的冲动,它只会在成年时才充分爆发。但是,弗洛伊德说,孩子一般都会有残忍的倾向,因为,"征服的冲动尚被未目睹他人痛苦的经历所抑制,怜悯只是相对晚些时候才生根发芽的。(……)怜悯的缺失会带来危险:童年时期结合在一起的性冲动与残忍后来会相伴始终"。弗洛伊德所说的怜悯缺失,普鲁斯特在谈到凡德伊小姐时指出了这一点,比如对他人因为我们而遭受的痛苦漠不关心,这是残忍常常呈现出的、可怕的表现形式。

涉及性内容的场景——潜在的或明确的——之所以对孩子有那么大的吸引力和诱惑力,那无疑是求知的冲动使然,正如弗洛伊德所分析的那样:"孩子对性问题的关注程度之强烈出人意外,而且,我们甚至可以说,正是这些问题激发了他的智力。"有件事引发了普鲁斯特对这个问题的探索,它并没有出现在《在斯万家那边》里,但却发生在普鲁斯特本人的生活里,那就是小弟弟的出生。孩子感受到威胁,开始思考。我们知道,他在思考女人身上所缺少的东西,"经历了激烈的内心斗争之后",他才终于接受了女人没有阳物的事实。孩子们"为找到女人失去的阳物的替代品"所做的努力"在各种反常行为的起源中起着重要的作用",这些行为一一呈现在《追忆似水年华》之中。小希尔贝特有"渴望阳物"的倾向,这促使她产生了当一个男孩子的愿望。

普鲁斯特也谈到了他的小主人公求知的冲动,后者感到求知欲在他身上掘开的伤口在增大。

弗洛伊德所描述的与儿童发育期的冲动相关的一个阶段,对我们理解普鲁斯特的作品(及其生活)至关重要,那就是性关系具有施虐倾向的观念形成的阶段。他认为这种观念可以追溯到儿童窥视原始情境的经历。孩子目睹了父母发生性关系的情景之后，"免不了会将性行为理解为一种恶行，或是施暴，也就是说他们会赋予该行为一种施虐的意义"。早期接受这样的一种印象有助于"后来将性目的转移为施虐"。我们知道，普鲁斯特叙述的所有性爱场面，都有施虐的特点，而且常常——就像是玩游戏一样——被比作一种罪行。这种情况在《欢乐与时日》中就已出现。作品中，母亲隔着窗子意外看到了女儿与一个小伙子正在偷情的情景，因而掉下阳台摔死；女儿认为是自己要了母亲的命。在《在斯万家那边》中，凡德伊小姐和女友调情的那一幕，恰恰是在父亲的眼皮底下发生的，照片中的父亲遭到辱没。在《索多姆和戈摩尔(I)》中，叙述者隔墙偷听夏吕斯和朱比安偷情时的感受是："我会以为有人在隔壁杀人，随后，凶手和复活的受害者一起洗澡，以消除犯罪痕迹。"施虐的情景仿佛体现了普鲁斯特笔下的爱的实质：在《重现的时光》中，叙述者在朱比安的妓院里先听到了低沉的呻吟，接着是疼痛的喊叫声。在一封未发表过的信件里，普鲁斯特再次提到了类似的一幕，我们在传记里复原了该信件的主要内容：他在洛朗-皮莎街听见一对情人在做爱："隔壁邻居做爱的疯狂劲儿让我妒忌。虽然我想，对我来说，这种感觉不如喝一杯冰镇啤酒的感觉那么强烈，但我还是羡慕那些可以喊叫的人，我第一次听到时还以为是在杀人。"

一对情人，一个惊呆的目光。在这些魂牵梦绕的场景中，我们看到了怕被人撞见的恐惧心理，或者是曾经被人撞见的回忆，但也会像在梦中一样——如果我们反过来说，是我们害怕撞见别人，或在潜意识的回忆中曾经撞见了别人。隔墙听见性行为的场景在《追忆似水年华》中多次出现。最有名的那一幕出现在《索多姆和戈摩尔(I)》中。尽管作者使用的词汇表面上带有讽刺意义，尤其是映射凶杀的时候，但它们还是表明了普鲁斯特对性行为的恐惧。在《失踪的阿尔贝蒂娜》中关于小洗衣女("你简直让我爽死了")的那一幕里，我们又看到了偷听性行为的好奇心。早些时候，故事中已经暗示了上述性行为。在洛朗-皮莎街写的那封信验证了《索多姆和戈摩多(I)》中的那一幕。窥听、窥视性行为的场景不止这些：在《欢乐与时日》中，母亲撞见了女儿有失体统的窘境，在《斯万之恋》中，*叙述者*透过窗子看到了凡德伊小姐和其女友偷情的情景，夏吕斯在梅恩维尔的妓院里发现了莫雷尔和盖尔芒特亲王在一起，在《重现的时光》中，*叙述者*透过气窗看到了被链子捆住的夏吕斯。

然而，听到的情景比看到的情景更加令人惊讶：隔墙传出的声音似乎更加有效地展现出了原始情境，尽管它们没有视觉画面那么渲染、多变。目光穿不透墙壁。但是，一个小男孩走近隔墙,贴上耳朵,就能听到不可言表的、看不见的、匪夷所思的事情,而且永世不忘。弗洛伊德告诉我们,"借助于听到的、事后被加以利用的情景构筑起来的"幻想,结合了"经历过的、听到过的、发生过的事情(出自父母和祖父母的故事)和个人本身所目睹的事情。幻想和听觉画面之间的关系,犹如梦和视觉画面之间的关系"。因为,在梦中,我们什么也听不见,但我们能看见。

　　我们这里所说的童年,远非多愁善感的、天使般的、幼稚的童年,甚至也不是《一个孩子的小说》①、《我朋友的书籍》②中的童年,或者狄更斯笔下生活困苦的童年。我们谈论的童年接近卢梭的童年,普鲁斯特从未提及卢梭,但弗洛伊德在谈到众所周知的打屁股③那一幕时提到了他。

---

　　① 法国作家皮埃尔·洛蒂(Pierre Loti,1850—1923)的作品。

　　② 法国作家阿纳托尔·法朗士(Anatole France,1844—1924)的作品。

　　③ 卢梭八岁的时候受到了朗贝尔西埃小姐"打屁股"的惩罚(《忏悔录》)。

第十章 女　人

　　弗洛伊德有时对更加深入地了解女性失去耐心,失去信心,因此,在科学进步揭开谜底之前,他想到了从诗人那里寻求答案。然而,他的传记作者们指出,从露·安德烈亚斯-萨乐美①到玛丽·波拿巴②(她从纳粹手中救出了弗洛伊德),还有他的女儿安娜,弗洛伊德身边总有女人相伴,无论是在家里,还是和他的病人或弟子在一起。弗洛伊德很晚才获得教授职称,这要归功于两个女人和她们的政治介入,他在很长的时间里一直不愿求她们。首先是他的母亲——他谈的更多的是他父亲,但母亲的个性一定深深地影响了他。而普鲁斯特

---

　　① 露·安德烈亚斯-萨乐美(Lou Andreas-Salomé,1861—1937),出生于俄罗斯的心理分析家和作家。

　　② 玛丽·波拿巴(Marie Bonaparte,1882—1962),法国精神分析学家。

呢,他从未告诉我们了解女人的特殊困难是什么:在他看来,所有的人似乎都难以了解,尤其是在爱情方面。总之,弗洛伊德无法理解杜拉,就像叙述者摸不透阿尔贝蒂娜一样。

我们不想把弗洛伊德有关女性性学的整套理论运用到《追忆似水年华》中的人物身上。然而,我们会发现,《女囚》中有些非常新奇的章节对相关问题的探索非常深入。

普鲁斯特笔下的女性特征和性欲

我们处在柯南·道尔①的时代,我们在阅读一位阿加莎·克里斯蒂②和多萝西·塞耶斯③的爱好者写的书,他对神秘的故事很感兴趣:弗洛伊德向费伦齐④透露,自己很久以来为《麦克白》⑤所困扰。正如他说到哈姆雷特时对琼斯⑥所言,

---

① 柯南·道尔(Conan Doyle, 1859—1930),英国杰出的侦探小说家,《福尔摩斯探案集》的作者。

② 阿加莎·克里斯蒂(Agatha Christie, 1890—1976),英国著名侦探小说家,被誉为举世公认的侦探推理小说女王。

③ 多萝西·塞耶斯(Dorothy Sayers, 1893—1957),英国侦探小说家,又译桃乐丝·赛尔斯。

④ 桑多尔·费伦齐(Sandor Ferenczi, 1873—1933),匈牙利心理学家,早期精神分析的代表人物之一,弗洛伊德的得意门生。

⑤ 莎士比亚的作品。

⑥ 埃内斯特·琼斯(Ernest Jones, 1879—1958),英国心理学家,弗洛伊德的知己。

只有找到"谜底"，他才能恢复平静。因此，在弗洛伊德的笔下，我们会读到一些货真价实的调查报告，其诱人的标题和侦探小说的无二："十七世纪的神经官能魔症"、"雅典卫城的记忆扰乱"、"昙花一现的命运"、"三个匣子"，当然还有"可怖的诡异"，甚至还有"莱昂纳多·达·芬奇的童年回忆"，《释梦》中有关哈姆雷特的章节。在弗洛伊德一部具有文学色彩的作品中，我们发现他对女性做了一个非常重要的区分：他意识到，把帕里斯①的裁决、《李尔王》中的第一场戏和《威尼斯商人》中的三个盒子那场戏并列来看的话，我们会发现一个共同的有待"探讨"的主题，那就是三个女人的主题。在后一部剧作中，求婚者们为了娶到鲍西亚，必须选择三个盒子中的一个。每个盒子对应一种类型的女人：生殖类型、伴侣类型和毁灭类型，"或者说是生活中母亲形象的三种表现形式：母亲本人、男人按照她的形象所选择的女情人和男人死后重新占有他的地母。"无论是在精神分析

---

① 帕里斯是希腊神话中的特洛伊王子。希腊的英雄珀琉斯与海洋女神忒提斯结婚时邀请了所有的神祇参加婚礼，唯独没有邀请争吵女神厄里斯。恼怒的厄里斯偷偷溜到婚礼上，抛下一只金苹果，苹果上刻着几个字："献给最美的人"。天后赫拉、智慧及战争女神雅典娜还有爱神维纳斯因为金苹果而争吵了起来，众神之王宙斯让特洛伊王子帕里斯来裁决这场纠纷。帕里斯将金苹果判给爱神，从而得到斯巴达王后海伦，因此导致了特洛伊战争的爆发。

中,还是在文学批评或小说创作中,弗洛伊德(普鲁斯特也是)都要求我们找出一些典型:"我的方法就是首先要通过观察的方式,找出极端的、范围明确的典型,我觉得没有必要为自己的方法辩解。"

生殖类型的女人:普鲁斯特很少描写母亲,除了叙述者的母亲或一些家庭主妇;除了男主人公——独生子,他的作品中没有孩子。虽然作品中没有孩子,但我们看到,其中却不乏关于儿童的重要思考。这是普鲁斯特与弗洛伊德之间的一个重要区别,后者是子女成群的家父,他把儿童摆在他作品的核心位置,包括那些发表的案例分析,比如对小汉斯或是小莱昂纳多·达·芬奇的分析。维尔杜兰夫人、奥黛特·斯万、盖尔芒特公爵夫人把她们的社会、文化生活变成了一种名副其实的职业,这要求她们投入一切财力和时间。因此,她们继承了一种可以追溯到中世纪的、在文艺复兴及十七世纪和十八世纪沙龙里盛行的法国传统。和女佣不同,这些女人中没有一个从事严格意义上的职业,男人也一样:除了艺术家和医生,我们总是把他们视为过去上流社会的人,那个时代谈论自己的职业活动是没有教养的表现。

伴侣型的女人,这也是《追忆似水年华》中叙述者的外祖母和母亲的角色,母亲对丈夫顶礼膜拜,就像普鲁斯特第一部小说中的桑德伊夫人一样,戈达尔夫人或埃尔斯蒂尔夫人也一样。嫁给福什维尔的奥黛特，也属于这类女人。这也是盖尔芒特公爵夫人的职能之一，她忍受着丈夫对她的凌辱，忠贞不二。

破坏型的女人无疑是最有意思的一类。奥黛特毁了斯万，凡德伊小姐毁了她父亲的生活——她的女友也属于这类女人，其姓名我们始终不得而知，拉谢尔从精神上毁了圣-卢，阿尔贝蒂娜，"伟大的时代女神"，让**叙述者**绝望(但是，**叙述者**本人也坚持说，是他自己毁了阿尔贝蒂娜，造成了她的出走和死亡)。

"小女孩发现男女性器官有别时，心理会受到创伤"(这是玛丽·波拿巴的观点，她在关于《女人的性欲》一文中发展了弗洛伊德就相关主题在 1931 发表的文章中的观点)。如果首先从性的角度而言，根据她们对这一创伤的反应和她们的性能力，还存在其他三种类型的女人。玛丽·波拿巴告诉我们，在有些女人那里，拥有孩子的欲望代替了拥有男性生殖器的欲望，她们变成了"正常的、阴道敏感的、有母性的"女人。另一些女人则放弃了与男人的竞争，放弃了任何以外在对象为目标的性欲，在社会中变成了如同蜂巢或蚁穴的工蜂或工蚁：弗朗索瓦丝便属于这种情况。最后，还有一类女人，她们"始终保持着女人在心理和生理上所具有的雄性特征，有雄性与阴蒂情结"。玛丽·波拿巴在此不仅仅指的是同性恋，也指那些没有阴道快感的女人。《索多姆和戈摩尔》的作者和波德莱尔一样,对这类女人很感兴趣。因此,我们可以理解,普鲁斯特为什么描写她们的性高潮。

在《女囚》中,作者所描写的**女性身体**(阿尔贝蒂娜的身体)仿佛被切除了男性生殖器:"她的腹部往下(遮住了那换在男人身上便很丑陋的部位,就像被拆除的雕像上插着的铁钩子一样),在与大腿的交接处,形成一条曲线的两个弯瓣,有如日落后的地平线那般宁静,那般恬适,那般幽邃。"在打字初稿上,普鲁斯特曾写道:"这个部位就是一幅神奇的拼图游戏,偶然出现在拼图中的阳物使男人变得丑陋。"这里有两个意思,首先是丑陋,然后是偶然,阳具这种东西本来也可能不存在,而且不美观,就像插在雕像上的铁钩子,纯属偶然。但是,"神奇的拼图游戏"这个富有诗意的精彩的表达方式,后来被划掉了,它使我们想到了拉康所说的"支离破碎的身体","人在攻击本能的作用下开始解体,当分析活动接近一定的解体程度时,它(支离破碎的身体)就经常在梦中显现"。总之,弗洛伊德1920年前后认为,姑娘是假小子,而在普鲁斯特那里,小伙子是假姑娘。

作为假姑娘的小伙子,他的愿望在这里暴露无遗:他长着多余的器官,梦想成为女人,梦想不再畏惧而是欣然接受的阉割。变成女人的梦想背后,是与母亲的同一化。然而,众所周知,阿尔贝蒂娜的原型、了解她的钥匙是一个男人:他是普鲁斯特至爱的对象,他眼中看到的是男人,但却把他幻想成女人。把性器官隐藏起来,别让我看见。至于女性生殖器,我们看不到,它被两半贝壳所遮蔽,大家很久以来就发现,它很像小玛德莱娜蛋糕。从夸张的象征意义上来看,这也是一种镜像效应。在普鲁斯特最喜爱的画家之一波提切利的作品《维纳斯的诞生》中我们看到,一扇浮在海面上的贝壳承载着阿芙罗狄忒。

雕塑的画面在这里意味何在呢? 这是弗洛伊德所珍爱的雕塑之一吗? 或者更确切地说,雕像是否表达了把没有危险的、触摸不到的或者说捉摸不透的某个形象永远固定下来的愿望呢? 也就是说把某个女人或被幻想成女人的男人、某个母亲的形象固定下来的愿望。欲望冷冻在大理石之中,就像勒内·夏尔①所言,它让欲望停留在欲望之中,从而使爱成为永恒。大理石也是科克托②(《诗人之血》)和卡尔内③(《夜访者》)所青睐的,它是死亡之石。

对阿尔贝蒂娜的身体进行了描述之后,*叙述者*发出了《追

---

① 勒内·夏尔(René Char,1907—1988),法国诗人。

② 让·科克托(Jean Cocteau,1889—1963),法国诗人、小说家、戏剧家、画家、设计师、电影导演、法兰西学院院士。

③ 马塞尔·卡尔内(Marcel Carné,1909—1996),法国电影导演。

忆似水年华》中独一无二的感叹："啊！创世纪的男人和女人姿态多么庄严！"①在这一页与圣经有关的独白中，对性行为进行解读，就等于对一种失败的尝试进行解读；被造物主分开的男女"寻求结合"："寻找"这个很受普鲁斯特青睐的词，是最能表达"探求"意义的词，"寻找"并非"找到"。这对男女并非合二为一，同样，普鲁斯特还说，在性占有中，我们一无所有。在《索多姆和戈摩尔(I)》中，我们已经读到了人的两半寻求结合的主题，其目的是重新组成"最初的两性同体"。和弗洛伊德一样，普鲁斯特时而参考圣经，时而参考古希腊文化——这是欧洲的两种文化模式，两种文化遗产。人的两半，处于平等地位。与弗洛伊德相反，普鲁斯特不愿承认男人是女人的攻击者，甚至也不愿意承认女人是被动的。而对弗洛伊德来说，积极与被动的区分比男女对立的概念更为重要。

普鲁斯特跃跃欲试，但终究没有对性行为进行描写。这叫省略。阿尔贝蒂娜说着话，穿上了衬衣。

女性的快乐

童年和自慰阶段过后，叙述者就再没有描写过自己的快

---

① 指亚当和夏娃。

乐,除了隐约暗示到他所感受到的"所谓的愉悦"。但他窥视了夏吕斯和朱比安偷欢的过程。阿尔贝蒂娜出走之后,他很想知道"她感受到的特殊快乐究竟是什么",她那一刻心里想的是什么,我们无法让所爱的女人产生的那种感觉到底是什么,为什么有些人却能做到让她们有这样的感觉。在嫉妒的驱使下,他对阿尔贝蒂娜的性趣展开了深入调查,乃至投入了真正的临床实验。*叙述者*在埃梅调查阿尔贝蒂娜与一个小洗衣女的关系时,对女人的性趣进行了描述。他派旅馆侍应部领班埃梅去图雷纳调查,后者发现一个小洗衣女曾与阿尔贝蒂娜有染,为了找到被洗衣女抚摸的感觉,他还和她上了床:"她(洗衣女)对我(埃梅)说:您真该看看她(阿尔贝蒂娜)是怎么扭动的,这位千金小姐(阿尔贝蒂娜)对我说:啊!您简直让我爽死了!"于是,主人公开始想象阿尔贝蒂娜弯曲的大腿,像一只天鹅脖子,"在寻找"另一个少女的"嘴唇":这是丽达①雕塑和绘画作品的主题,我们从中"看到了女性欢爽时特有的亢奋状态"。总之,我们明白,普鲁斯特一点也不轻视女性的快乐,不认为男人的快乐比她们的更高尚,而且,与弗洛伊德相反,他没有把两性心理学建立在解剖学的差异上(这一点尤其

---

① 据希腊神话传说,众神之王宙斯化作天鹅与人间少女丽达交配。后来丽达生的女儿海伦因其绝色引起特洛伊的十年战争。

88

体现在弗洛伊德1925年发表的文章中："两性之间在解剖学上的差异所产生的几种心理后果"）。普鲁斯特没有写过这样的话："解剖学就是命运。"我们在想，同性恋是否就是对所谓命运的否定。

主人公不遗余力地寻找真相，甚至建议安德蕾当着他的面，和阿尔贝蒂娜的女友模仿她和阿尔贝蒂娜做过的事（但徒劳无益：埃梅在洗衣女那里的收获更大）。他希望目睹阿尔贝蒂娜快活的样子，听到她的声音。他把两个小洗衣女带到了个妓院（普鲁斯特对洗衣女的幻想很奇特，他其实在给她们的形象抹黑）。"在一个洗衣女的抚摸下，另一个突然开始发出我起初听不出是什么的声音"，像是痛苦的声音，然而那是快活的呻吟，这种快活"非常强烈，足以震撼感觉到它的人，使其讲出这种不为人知的语言，这种语言似乎表明并诠释了小洗衣女上演的欢爽的剧目所包含的各个阶段。"但是，眼睛看不透"每个人内心的秘密"。为复原被爱女人的性趣所做的近乎科学实验般的努力，没有任何结果。我们永远也不会知道他人的喜好（马尔罗在《人类的命运》中再次了谈到了这个主题），我们只能看到表象，就像看到一面镜子反映的影像，或听到回声，如果用语言来表达，小说家的艺术是最高明的。

如果说，普鲁斯特笔下的*叙述者*无从得知阿尔贝蒂娜在性方面的喜好是什么——尽管他明察暗访，力图复原她的性趣,那么,说到杜拉,彼得·盖伊①指出,弗洛伊德也无法想象什么是女人的性趣。普鲁斯特需要一次亲身经历才写出了夏吕斯和朱比安、阿尔贝蒂娜和两个洗衣女友之间的私情:有一次,在洛朗-皮莎街,在莱热娜借给他的房间里,普鲁斯特隔墙偶然听见了一对情人发出的声音。他一边大肆渲染这种声音,一边诋毁它。阿尔贝蒂娜一个人,就代表了弗洛伊德所说的黑色大陆②,他不知道女人想要什么。

蕾蒙德·古德尔笔下的普鲁斯特,对(年轻)女人毫不留情,包括戈摩尔世界中的所有女人、安德蕾、洗衣女。我要补充的是:他对母亲或近似母亲的人物(奥黛特、奥丽亚娜)并不是这样。他果真毫不留情吗?根据蕾蒙德·古德尔的说法,普鲁斯特最执着的幻想之一,就是像女人一样去爱,去享受,像女人和女人在一起一样。在波德莱尔笔下芳香四溢的莱斯博斯岛③与地狱之城戈摩尔之间,存在着一幅可怕的拼图游戏(该词第二次出现在普鲁斯特的作品中,始终与性有关)。无疑,他感到自己身上的双性特征根深蒂固,所以,像夏吕斯或伏脱冷④一样,他有时也觉得自己是个女人,他会因为自己

---

① 彼得·盖伊(Peter Gay, 1923—2015),德裔美国历史学家。
② 这是弗洛伊德的术语,比喻女人神秘莫测。
③ 位于爱琴海中的岛屿。
④ 巴尔扎克的作品《人间喜剧》中的人物。

是个女人而高兴,但同时又因此而痛恨自己,他发现母性形象的暧昧性在他上体现得淋漓尽致。

然而,认为普鲁斯特和他的主人公有着同样的嫉妒心或同样的嫉妒对象,有点操之过急。普鲁斯特嫉妒的是年轻小伙子:他让阿高斯蒂奈里的女友玛丽住在自己家里,而且对她没有丝毫的敌意。如果说,*叙述者*嫉妒阿尔贝蒂娜的那些男朋友,那是普鲁斯特亲身经历的写照。小说家别出心裁,调换了性别,让阿尔贝蒂娜变成了同性恋,从而揭秘了幻想世界的一片神奇的沃土。普鲁斯特并没有完全照搬自己的现实生活,而是像所有幻想作品的创作者一样,将现实融合到幻想世界之中。

然而,普鲁斯特的隐秘幻想会对他的文学创作有帮助吗?关于凡德伊小姐和其女友,没有任何一个传记作家、专家学者找到了解她们的钥匙,而关于其他一些人物的情况,我们知道的已经很多了。假定普鲁斯特借凡德伊小姐来刻画他自己——她和《欢乐与时日》中那些有罪的少女是同类,他既不关注父亲丰厚的作品出版的情况,也不在意母亲没什么作品——除非算上拉斯金两部作品的译著①,译者的想象力过

---

① 普鲁斯特在他母亲的帮助下翻译了拉斯金的两部著作(他母亲的英语比他好)。

度地夸大了原著的本义,除非《驳圣伯夫》——"与母亲的对话"(如今盛行的访谈录文集都采用这样的传统标题)可以被视为母亲的作品,就像那部无法完成的作品本来可能会赋予他生命、声音,重新唤醒母亲和小男孩这对永恒的恋人。

第十一章　同　性　恋

　　弗洛伊德对同性恋的描述适用于普鲁斯特吗？也许适用，但我们还是要谈谈同性恋的问题。说到《追忆似水年华》这部作品，事情就没有那么简单了。作品很少涉及同性恋倾向的起源，而关于人物在他们那个年龄的行为方式、心理及社会状况却谈得很多。比如说，我们对夏吕斯、莫莱尔、盖尔芒特亲王、圣-卢(书中倒是提到了他与母亲马桑特夫人相互依恋的情感)、朱比安的童年和青春期一无所知。有一种看法很有价值，它不属于起源研究，但却道出了普鲁斯特的生活经历："起先没有人知道他是同性恋。"作为初中生的普鲁斯特没有意识到，虽然感情是一样的，"对象却是不同的"。然而，在《索多姆和戈摩尔》的开头，普鲁斯特借助神话来谈论起源的问题，那就是原始时代雌雄同体的神话，雌雄两性试图结在一起。

在《索多姆和戈摩尔(I)》中,借助于夏吕斯和朱比安两个同性恋者的偶然相遇,普鲁斯特为他和弗洛伊德称之为性倒错的行为描绘了一幅恢弘的画卷。而且,和弗洛伊德在《超越快乐原则》中一样,普鲁斯特也参照了神话或传奇中有关原始时代雌雄同体的故事,柏拉图的《会饮篇》中也有同样的传奇故事。普鲁斯特写道,"因此,同性恋者很乐意把自己与古代东方或古希腊的黄金时代联系起来,他们甚至可以追溯到更为遥远的试探时代(……),追溯到雌雄同体的原始时代,女人身上某些男性器官的原基和男人身上某些女性器官的原基似乎保留了原始的雌雄同体的痕迹。"在《黑夜降临之前》里,普鲁斯特采纳了古代的有关论据和苏格拉底的论点,但在这里,他却对其加以驳斥。苏格拉底的时代,没有少数派,就像在基督时代的犹太人那里,大家都是犹太人一样。

对于弗洛伊德和普鲁斯特而言,同性恋其实起源于人所共有的双性体质结构。即使弗洛伊德在 1905 年的论著中将性倒错(我们在这里借用弗洛伊德和普鲁斯特使用的两个词:性倒错,同性恋)列入性反常的表现,实际上,他去除了正常和反常、成人性欲和所谓儿童的单纯性欲之间的一切界限。

弗洛伊德在《性学三论》第一论的开篇论述性倒错时,已经掌握了大量的参考书目,没有补充任何新的文献资料。他提到了原始时代雌雄同体的神话,正如普鲁斯特在《索多姆和戈摩尔(I)》中所述:人的两半——男人和女人——自从他们分开之后就趋于通过爱情结合在一起,随后,弗洛伊德声称,我们非常惊讶地得知,有些男人的性对象是男人,有些女人的性对象则是女人。"我们称这类人为:同性恋,或者更确切地说是性倒错者,而把这种现象称之为:性倒错。"这正是普鲁斯特本人所使用的词汇。弗洛伊德区分了绝对性倒错者——其性对象是男性或女性——和临时性倒错者。有些人把这种倾向看作是正常的,另一些人则视其为"一种病态的强迫症"。弗洛伊德还根据性倒错的出现和持续时间,它的持久性或临时性,重复了其他学者区分的好几种不同情况。接着,他驳斥了性倒错是一种退化的或与生俱来的现象这种观点。对于人体或心理双性论,他也提出了批评。他首先认为:"男性倒错者和女人一样,被男性的身体和思想所具有的雄性特质所吸引。他感到自己是女人,追求的对象是男人。"普鲁斯特正是把夏吕斯说成这样的人。弗洛伊德强调,许多男性倒错者"在性对象那里寻找的是女性身上的某些心理特征",这就是古希腊男人对少年感兴趣的原因,一旦少年长大成人,他们便转移目标。在女人那里,"积极同性恋者"具有某些男性特征,女性特征是其追求的对象。在此,弗洛伊德用几行文字就结束了这个问题(但是,我们看到,他在有关女性特征的文章中又谈到了它），而普鲁斯特只是通过小说中的例子和人物触及到了相关的话题。

在《莱昂纳多·达·芬奇的童年回忆》中，弗洛伊德又谈到了性倒错的心理根源，它与俄狄浦斯情结相关。他在对施雷伯(1842—1911)大法官的精神分析中，也讲到了(被压抑的)同性恋，这篇分析的依据是法官的《一个神经病患者的回忆录》(1903)，与莱昂纳多·达·芬奇的童年回忆交相呼应。威廉·布里特与弗洛伊德合作撰写的威尔逊总统的传记，也涉及到同性恋，尤其是被布里特删除的关于基督与同性恋的那一页。布里特指出，威尔逊自视为救世主基督。然而，引起弗洛伊德注意的，是耶稣与天父被动的、彻底的同化。在基督徒与基督的认同中，有两种相互矛盾的愿望达到和解，即充当被动者和女性与充当主动者和男性——如同天父——的愿望。耶稣正是在服从其父时变成了上帝，弗洛伊德在上帝身上看到了十足的男性特征。基督教之所以成功，是因为一个完全主动又被动的人①身上的男性特征和女性特征之间达到了统一。弗洛伊德甚至认为，正是因为这个原因，基督教很快就使同性恋这个词的公开使用没有了市场，并导致同性恋被禁止：这个词已经没有存在的必要了。

---

① 指耶稣基督。

在关于达·芬奇的论著中，弗洛伊德首先指出了同性恋发展初期的特点："所有这些男同性恋者，在其童年早期，都与某个女人，通常是母亲，有过一种非常强烈的依恋关系，这种关系后来被他们遗忘了。母亲本人过度的柔情引起或助长了这种依恋，后来，在孩子的生活中，随着与父亲的疏远，这种依恋进一步得到强化。"

在第二个阶段，"孩子压抑了对母亲的爱，置身于母亲的位置，与她同一化，将她视为他选择新的爱恋对象的参照典范。因此，他变成了同性恋者；其实，他经历了一个逐渐转变的过程，回到了自恋，因为他今后所爱的男孩子只不过是他依恋对象的替代者和儿时以来延续的自我，他喜欢自己就像母亲曾经喜欢小时候的他一样。""他沿着自恋的途径找到了他所爱的对象，古希腊传说称纳西索斯为青年美男，他爱自己在水中的倒影胜过任何东西，后来他变成了与其同名的美丽的水仙花。"普鲁斯特可能会说，他之所以将《追忆似水年华》的第二卷起名为《在花季少女们身旁》，那是因为变成少女的年轻小伙子就像变成水仙花的自恋者一样。

也许，弗洛伊德之所以对同性恋的发展如此了解，或者说对其进行了如此细致、确凿的定义，只是因为他不但在病人那里，而且在他自己身上——如同普鲁斯特——也感到了这种倾向。"对我来说，没有任何东西可以代替与一个男友的交往，"他1900年对弗里斯写道，"这种需要满足了我身上的某种东西，也许是某种女性的东西。"人们指出，他对弗里斯的感情可能有同性恋的成分，他身上潜在的同性恋倾向周期性地出现（"女人从未代替男伙伴，男朋友"）。弗洛伊德给弗里斯写了大量的信件，这些信件再现了精神分析学的创立。正是从研究达·芬奇开始，弗洛伊德摆脱了对弗里斯的同性恋情感。1910年，他对费伦齐写道："我最近不得不对弗里斯的事做一了断，（……）从此，相关的需求对我来说已不复存在。同性恋情感的困扰部分地消失了，我利用这个机会使自己变得更强大。我成功的地方是偏执狂失败的地方。"能说是成功吗？不完全是，我们过去可能称之为癔病的某些征兆就是证明，尤其是他在荣格面前昏厥的表现，彼得·盖伊把弗洛伊德的这种表现与他想让弟弟尤利乌斯死去的愿望复苏的可能联系在一起，弟弟死时，弗洛伊德两岁。弗洛伊德将自己的同性恋倾向重新投射到了阿德勒①身上，然后是荣格："您猜想我把来源不同的同性恋情感转移到了荣格的身上是完全有道理的"，他对琼斯写道。我们在普鲁斯特的笔下却找不到任何类似的坦白，但他同样将其对罗纳尔多·阿恩的情感转移到了

①　阿尔弗雷德·阿德勒（Alfred Adler, 1870—1937），奥地利精神病学家。

吕西安·都德、安托万·比贝斯科、贝尔德朗·德·费纳龙以及其他人的身上。

早在《索多姆和戈摩尔》之前，在 1893 年发表在《白色杂志》上的短篇小说《黑夜降临之前》中，普鲁斯特就通过一个女人说出了自己关于同性恋的观点："在不以生育为目的的爱情之间没有等级之分，一个女人不是在异性那里而是在另一个女人那里找到快乐，并非缺乏道德，或者更确切地说，并非不道德。这种爱情的原因在于一种神经组织的改变，纯属生理问题，因而与道德无关。我们不能说，因为大部分人把称之为红色的东西看成红色，因此那些把它们看成紫色的人就错了。"普鲁斯特很早就拒绝对同性恋进行任何评判及任何的道德审判，勇敢地与他那个时代的主导舆论(有时是法律)对抗。神经组织的改变？布勒庞医生对*叙述者*的外祖母说，"神经质的人是精英"。但是，也许是一种形象的比喻，《索多姆(I)》谈到了"不治之症"，"恶习，或者说我们不恰当地称之为恶习的东西"。恶习这个概念完全是相对的：对男同性恋者来说，"与女人交欢(……)才是恶习"。甚至，同性恋代表了一种"天性潜意识的神奇力量"。"通过性来辨认性别"是他为了重返因为"社会最初造成的过错使他远离的故土"而做出的努力。

至于夏吕斯，他是一个有着男人身体的女人："我觉得德·夏吕斯先生像个女人：十足的女人！"因此，他只喜欢有男子汉气质的年轻小伙子,"原因就在于他天生的女人气质",但他并不喜欢同性恋者,他们只是他退而求其次的选择。因此,夏吕斯注定要喜欢不喜欢他的人,最终为了这些男人而倾家荡产,就像小提琴手莫莱尔一样:"倘若金钱买不来真正的男子汉,倘若幻想无法使他们把出卖肉体的同性恋者当作真正的男子汉,那他们的欲望就永远得不到满足。"另外,普鲁斯特用巴尔扎克的术语把自己比作"人道的植物标本采集者"、"道德植物学家",对弗洛伊德没有涉足的"附类"进行了区分:这些男人,如朱比安,只被比他们年龄大得多的男人所吸引。还有那些看不起女人的男人,"他们因为其特殊的习性而自认为高女人一等"。在附类的范围内,还有各种不同的"结合"类型:夏吕斯只需让某些人听他讲话就够了,"就能使他在某次偶遇中燃起的欲火得以熄灭",或者"把别人大加训斥一顿,他就心满意足了"。这里根本无需身体的介入,一切都是通过歇斯底里的话语而进行的;德·夏吕斯先生"由被统治者变为统治者",在他的表演结束时,感到"心头的不安释然了"。

除了男人(其实是女人)对男人的欲望机制外,普鲁斯特还对同性恋者的社会境况、"厄运"、压在他们身上的责难、"各种社会势力沆瀣一气的阴谋"很关注。正如他在一个草稿中所言,社会上针对同性恋者的阴谋威胁着那些"没有母亲的儿子"、得不到友爱的朋友、几乎无爱情可言的情人,威胁着他们社会地位的提高、他们的外在形象。而且,这些"特殊人物"为数"众多"。

这是弗洛伊德没有谈到的一个问题。而普鲁斯特则从来没有表露出,他意识到与父亲和母亲的特殊关系会是他的特殊倾向形成的根源,他认为那只是他个人的问题。然而,我们从普鲁斯特的传记中所了解到的事例,是对《莱昂纳多·达·芬奇的童年回忆》,甚至是对《性学三论》第一论的完美阐释。

还有一点弗洛伊德和普鲁斯特都谈到了,那就是升华作用。服从了男性独占鳌头原则的男人,可能很早就相互残杀了,是同性恋——更多的是在其升华作用上而不是在其表面形式上——保证了人类的延续,而且,也许有一天,它还会使人类充满博爱,实现统一。这难道不是弗洛伊德关于威尔逊总统的传记写下的感言吗?普鲁斯特也指出了人的升华作用,他在《驳圣伯夫》的一个草稿中写道,"一个伟大的政治抱负、一个宗教使命、一部艺术作品的实现能够在一段时间内——常常是几年——使人摆脱情欲幻象的困扰,避免同性恋者每日寻欢作乐"。他还指出,寻欢作乐完全可以与"贞洁的爱情"共存。我们也会在普鲁斯特为同性恋辩护时,听到这样的陈述:"一个人能遇到唯一可以使他感到快乐的事情是非常重要的。"

第十二章　爱　情

　　爱情这个词，首先出现在弗洛伊德的书信中，出现在他写给未婚妻的信中。他对未婚妻的爱是浪漫的、热烈的、充满醋意的，1883 年 8 月他在给她的信中写道："虽然我此次尚未向您谈及爱情，但您要看到我传递给您的唯一信息：我确信我拥有您。"他确信，他的未婚妻和他属于那类只能爱一次的人。1885 年在登上巴黎圣母院的一个塔楼时，他对未婚妻玛尔塔写道："我们上了三百个台阶；这里一片漆黑，我们陷入孤独的深渊；假如你和我在一起，我每走一步都会吻你，你走到塔顶时会气喘吁吁，头发凌乱！"就我们所知，弗洛伊德从来没有背叛过他妻子。普鲁斯特也会爱得如此强烈，但不会如此持久，有一天他对一位密友吕西安·都德说："对我来说，这种事只能持续一年半。"弗洛伊德只有一个女人，但有很多书籍，而普鲁斯特只有一部重要的书籍,但有很多的男情人。

爱情与性生活是一回事吗?"当我们谈爱情的时候,我们就要把精神层面放在首位,暂时排除或忘掉肉体或'性感'冲动的要求,虽然冲动是爱的基础。"压抑——总之在儿童那里是这样——"使儿童对他的一部分性目标缺乏认识"。一切表明,仿佛谈论爱情,就已经是对性的压抑。文学史(出版商、书商)把言情小说与色情小说、黄色小说甚至淫秽小说仔细地区分开来,总之,这种情况一直延续到二十世纪。普鲁斯特把《在斯万家那边》介绍给一些出版商时担心他们会拒绝他的原因,并不是他的文笔,也不是作品的新奇之处,而是某些篇章"极度的放荡"。**力比多**不是他的发现,但他却展现了它。

其实,正是这个词常常代替"爱情一词",娜塔莉·萨洛特在《语言的应用》中用一段非常美的文字描述了该词:"这个词围绕他们徘徊已有一段时间了,它在寻找时机,不会等太久……事实上,这不,机会来了……本来会满足于躲避在灰色保护伞下的最暗淡、最不起眼的话语中的东西,变得如此浓厚、强烈,要求有一个属于自己的位置,一个坚实、有力、耀眼、含义广博的词应有的整个位置……这个词就在那儿,准备就绪,那就是'爱情'这个词,它豁达开放,……到处漂浮不定的东西,旋转起来,越来越猛烈,涌入其中,很快凝结,完全将它充满,与之融化,混为一体,无法分离,合二为一。"

弗洛伊德是这样定义力比多的:"这就是我们所说的与我们在爱情的名义下所能理解的一切表现相关的那些冲动所具有的能量"("群体心理学与自我的分析",1921年)。问题是,我们无法从**力比多**一词中派生出任何一个词,无论是拉丁语还是法语(除了"力比多的"和"贪淫好色的"这个不好听的词,以前的高雅文学一般用这个词形容老头)。那厄洛斯①呢?为什么用希腊语,而不是拉丁语?当然,弗洛伊德使用这个词是为了让性冲动、生命的冲动回归哲学传统。在他最后提出的关于冲动的理论中,他把所有形式的生命冲动集中在一起,力比多体现了冲动的能量和盈利特征。但是,厄洛斯这个词不该是一张伪善的面具:"那些把性视为某种羞辱、贬低人性东西的人,可以自由选择厄洛斯、爱情这些更为高雅的字眼。"普鲁斯特也拒绝这样的伪善。他在描写爱情时,打破了传统。和弗洛伊德一样,普鲁斯特也揭掉了爱情的浪漫面纱。被爱者的故事,就是他逐渐丧失优良品质的故事,直至他失去"神秘性和美感"。对两位作者来说,他们真正所爱的唯一对象,就是母亲。

在《女囚》中,**叙述者**声称他已经不爱阿尔贝蒂娜了,之后,不再有爱情故事的描写:《失踪的阿尔贝蒂娜》讲述的是一

_____

① 希腊神话中的爱神。

个告别爱情的故事。《重现的时光》中不再有任何的恋爱情境（这并不意味着作品中不存在情欲），取而代之的是：战争、朱比安的妓院、被压抑者通过无意识记忆实现的回归（记忆唤起的只有母爱）、通过艺术获得的升华。"性"这个词并没有被普鲁斯特排除，他常常在谈到欲望时使用该词，在说到"缺陷"、性倒错（土耳其大使夫人对鸟类性倒错的情况无所不知）或者夏吕斯的特异性时，也使用它。夏吕斯的特立独行起先使他在巴尔贝克维尔杜兰圈子里的人眼里，很有威望。

然而，弗洛伊德订婚之后，也在其书信中使用了爱情一词，1897 年 10 月他对弗里斯写道："我在我身上也发现了对母亲的爱恋之情和对父亲的妒忌。"1911 年他还对普菲斯特[①]写道："阿德勒创立了一个没有爱情的普遍体系，我正在替被得罪的力比多女神向他复仇。"普鲁斯特的小说也把力比多放在中心位置，他创建了一个以爱情为基础的普遍体系，但却没有得罪力比多：他得罪的是言情小说、"糟糕的音乐"和巧克力盒子上的绘画中所呈现的爱情女神。

普鲁斯特始终把性放在首位，他的短篇小说集《欢乐与时日》——例如"一位少女的忏悔"，以及他在中学写给雅克·比

----

① 奥斯卡·普菲斯特(Oskar Pfister, 1873—1956)，瑞士精神分析学家、神学家。

才和丹尼尔·哈莱维的信就是证明。我们知道,弗洛伊德给他未婚妻写过一些情书,而普鲁斯特则没有写过一封直言不讳的情书,即使是写给罗纳尔多·阿恩、吕西安·都德的信(当然,其中有些信件目前还属于私人收藏品)。除了他在1914年写给罗纳尔多·阿恩的一封信中暗示了他对阿高斯蒂奈里的情感:"我曾经很喜欢他。"那么,还需要提他写给母亲和朋友的那些信件吗?争风吃醋的信件倒是有的。

　　普鲁斯特的笔下永远也没有完全正常的爱情。弗洛伊德把"完全正常的恋爱行为"定义为两条河流的汇合,一条是"温柔的河流",另一条是"性感的河流"。但是,对于某些人来说,"他们对所爱的人没有欲望,而对不该爱的人却有"。这正是对"狼人"的分析所展现的情况。后来,弗洛伊德在"恋爱状态与催眠状态"这篇文章中,对我们称之为爱情的不同方面——"即各种各样的情感关系"进行了全面的分析。文学描述了这两个层面的情感:男人"在幻想中所崇拜的一些女人丝毫不能激发他们的爱情",而其他一些他不喜欢的女人却激起他的欲望。在大部分情况下,这两种情感是综合在一起的。弗洛伊德对"理想化"的情感进行了无情的批判:人们是在性愉悦的影响下,才觉得所爱对象具有优良的思想品质。其实,我们在把自我的理想投射到他人身上时,便满足了自恋的需要。在两个人的爱情世界中,"每次的性满足过后,对方在我们心目中的理想程度便随之降低"。因此,斯万和奥黛特、叙述者和阿尔贝蒂娜的爱情初期充满柔情;我们可以理解,为什么这种柔情很快便消失了。

在《文明及其缺憾》中,弗洛伊德首先阐明了爱情是如何会成为获得幸福的一种手段这一道理,然后,他指出了爱情的局限性,就像《女囚》和《失踪的阿尔贝蒂娜》中所得出的结论:"恋爱的时候,是我们抵御痛苦的能力最弱的时候;最不幸、最无能为力的时候,是我们失去所爱的人或他(她)的爱的时候。"

值得称赞的是,普鲁斯特在其作品中描写了男人和女人之间的爱情故事,纪德因此在《日记》中语气尖锐地指责他把男女之间的爱情说得无比美好,而男人之间的爱却没有在他那里得到这种殊荣。奥黛特·斯万任何时候都没有改头换面,以男人的姿态出现,盖尔芒特公爵夫人也一样,有一段时间,叙述者曾(远远地)爱着她。但阿尔贝蒂娜身上有变性的痕迹,比如她"粗壮的脖子","被人上后庭……"的表达方式。一切表明,普鲁斯特仿佛在小说创作的过程中变成了异性恋,仿佛他属于自己所描述的那类从同性恋变成了异性恋的人。幻想使普鲁斯特把他曾经爱过的男人当成真正的女人(至少那些花季少女属于这种情况)。或者,更确切地说,他利用经常接触的女人的外表来掩饰他爱恋的男性对象,他感到自己与她们的关系比她们想象的还要亲近。假如普鲁斯特面对被幻想改头换面的人物原型，看到的是一个像夏吕斯一样的女人时，他反过来可能会让*叙述者*说："他就是一个十足的男人！"除非他需要的是另一种变化，即把自己幻想成被斯万所爱的奥黛特，或是被*叙述者*所爱的阿尔贝蒂娜，这就会与我们对他同性恋理论的理解相吻合。根据他的理论，男同性恋者就是一个想被男人所爱的女人，就像普鲁斯特、夏吕斯。

但是，这种假设会遭到异议：普鲁斯特让恋爱中的斯万说出的某些话，曾经出现在他写给罗纳尔多·阿恩或阿尔伯特·纳米亚的信中，而他让阿尔贝蒂娜说的一些话，是阿高斯蒂奈里在一封信里对他说过的，普鲁斯特在《失踪的阿尔贝蒂娜》中引用了这封信，其真实性得到了他回信的证实。另外，一切表明，普鲁斯特在《索多姆和戈摩尔（I）》中仿佛忘了谈起那些在其所爱的男人身上看到了少女特征的同性恋者。

就像弗洛伊德观察、倾听他的病人一样，普鲁斯特也这样对待他的人物原型。有很多公爵夫人或旅馆侍应部领班可以见证，他不断地问他们问题，或表面上被动地倾听他们。因此，他给他同时代人的印象是，他对所有人的情况都了如指掌。正如勒内·詹泊尔①在其日记中所言，普鲁斯特是最伟

---

① 勒内·詹泊尔（René Gimpel，1881—1945），法国著名画商。

108

大的文学侦探,他可以补充一句:自巴尔扎克以来。这就是说,他没有亲身经历就能够描述出人物的遭遇,没有身临其境就能够想象出他们的行为。在描述时,唯一重要的是科学结果;在想象时,唯一重要的是文学成果。

第十三章　妒　忌

　　1921 年 11 月,普鲁斯特在《自由作品》杂志上发表了一篇一百页的"小说"。实际上,这篇文字是从《索多姆和戈摩尔(II)》第二章中节选的。它的标题是"妒忌"。普鲁斯特很早就开始谈论这个主题,在《斯万之恋》中就开始了,它与他的整个小说紧密相关,构成了真正困扰作者的一个主题:这不是一部言情小说,而是一部关于妒忌的小说,就像在《克莱芙王妃》①中一样,妒忌会让人痛不欲生。

　　斯万嫉妒奥黛特(和福什维尔);*叙述者嫉妒他母亲,每当她接待斯万的时候*;他也嫉妒希尔贝特;圣-卢嫉妒拉谢尔;夏吕斯在梦中嫉妒莫莱尔,并想到杀人;*叙述者还嫉妒阿尔贝蒂*

　　————————————

　　①　法国作家拉法耶特夫人(La Fayette,1634—1693)的代表作。

娜。在《重现的时光》中,盖尔芒特公爵变成了奥黛特的情人,吃她的醋。六个有关嫉妒的故事交相呼应,嫉妒病——"爱情可悲而矛盾的赘疣"——在《女囚》和《失踪的阿尔贝蒂娜》中达到顶点。

对于精神分析学的创始人弗洛伊德,人们很想把所有的美德都给他,神经官能症压根与他无缘,他的心理平衡达到完美,按塞涅卡①话说,他心灵宁静。然而,人们得意地看到,弗洛伊德在订婚期间常常表现出醋意,有他写给未婚妻玛尔塔·贝尔纳斯的信件为证(也许,和任何创作者一样,他对自己的新发现也会吃醋)。"我肯定有专制的倾向",他宣称。时而是一个表兄,时而是两个艺术家引起他的不安。他还想让未婚妻与其家庭决裂:"当我爱上一个人的时候,我的独占欲是很强的",他坦言。在 1882 年 6 月 19 日的一封信中,他告诉玛尔塔,他从小盒子里拿出了未婚妻的肖像照,但他不敢像对待"他办公桌上方挂着的家神"一样,把它摆出来欣赏,顶礼膜拜(普鲁斯特也同样喜欢照片;布拉塞②在一部精彩的书里提到了这一点):"我几乎不敢承认,在这二十四个小时里,关

---

① 塞涅卡(Sénèque,约公元前 4—65),古罗马政治家、哲学家、悲剧作家、雄辩家、新斯多葛主义的代表。

② 布拉塞(Brassaï,1899—1984),匈牙利摄影师。

上所有的门之后，我有多少次从盒子里拿出它，以唤醒我的记忆。"他当时被在某个地方读过的一个故事所困扰，故事讲的是，"一个男人，不管去哪里，都要带上关在小盒子里的爱人"。他突然想起那个故事的名字叫"新梅绿丝娜①传奇"，出自《威廉·麦斯特的学习时代》(这种说法有误，该传奇故事出自《威廉·麦斯特的漫游时代》第六章)。女主人公问他的情人："拥有一个时而变成小人，被装在首饰盒里带走的女人，难道就如此不幸吗?"情人答道："情人如果能够拥有这么小巧的尤物，那他们该有多幸福呀!"把女人变小，把她关起来，让她回到母亲的腹中，经历一种约拿情结②，这就是嫉妒者的梦想。在"新梅绿丝娜传奇"中，弗洛伊德还读出了其他许多有关他与未婚妻关系的细节，它们大概与妒忌和违反禁忌的行为密切相关。他不敢把这些细节告诉未婚妻，因为，他说他们还没有共同的幽默感，语气中略带优越感。

　　这个故事唤起了一个遥远的回声。我们是在哪里读过一

---

①　法国中世纪传奇中的人物。

②　约拿是神的先知，他对神的信心也不是太足，有点软弱，像我们一样，神要他去警告尼尼微大城的民众改他们的罪，他不敢去，怕人不听他说的话，所以自己逃跑，以为能够躲过神的命令。神使鱼把他吞进肚子，三天之后，将他吐在岸上，最后，他几经反复和犹疑，终于悔改，完成了神赋予他的使命。"约拿情结"是美国著名心理学家马斯洛提出的一个心理学名词，简单地说，"约拿情结"就是对成长的恐惧。

个类似的故事呢？难道不是在普鲁斯特那里吗？你们还记得
那个自认为拥有关在瓶子里的中国公主的男人吗？*叙述者*把
自己比作他，他想要留住阿尔贝蒂娜，他的女囚。普鲁斯特从
梅里美①的一次经历中得到启发——但他没有言明：被情人
抛弃的梅里美，在一封信中声称，他曾以为自己拥有关在瓶子
里的中国公主。梅里美的这次经历，普鲁斯特不是直接通过
阅读得知的，而是从阿纳托尔·法朗士 1888 年前后在《文学
生活》上发表的一篇文章中了解到的。普鲁斯特远在亲身体
验之前，就在他年轻时写的书信体小说中提到了梅里美的经
历，这个幻想对他影响至深，在他身上引起深深的共鸣，以致
约莫三十年以后，他还两次——在《盖尔芒特家那边》和《女
囚》中——使用这个比喻，借用这个传奇，这次经历。*叙述者*
失去了阿尔贝蒂娜，他的女囚出走后不久便离世，而马塞尔·
普鲁斯特失去的是他的男囚阿高斯蒂奈里，他出走后不久也
丢了命，*叙述者*和作者都因此崩溃了。故事的语言和标题都
打上了时间的烙印，但来自传奇典故的原型结构始终没变。
它体现了一种幻想：把爱人变小，关在瓶子里，或关在小盒子
里，预防嫉妒。一种致命的幻想。

---

① 普罗斯佩·梅里美(Prosper Mérimée, 1803 - 1870)，法国作家。

订婚许久之后,在 1922 年发表的一篇文章中——《索多姆和戈摩尔(II)》同年出版,弗洛伊德把"正常的"嫉妒看作是必要的,是一种告别旧情的表现,一种由失恋引起的痛苦,一种自恋的伤痛。如果自我因为失去对方的爱而自责,嫉妒则会引发对情敌的敌意和自我批评。我们可以区分出三种嫉妒:正常的、"有计划的"和失去理智的。任何嫉妒,即使是正常的,都涉及到潜意识、幼儿情感及其最初的表现、俄狄浦斯情结。

第二种嫉妒是有计划的,嫉妒者本人很想有外遇,但他把自己的欲望转嫁到了他伴侣的身上,这种类型的嫉妒在《追忆似水年华》中并不明显,这部作品讲的是专一的爱情。第三种嫉妒涉及到另一个男人(弗洛伊德在此说的不是一个女人嫉妒另一个女人的情况,然而……),或者说是失去理智的嫉妒,具有同性恋的色彩。这种嫉妒似乎符合普鲁斯特的情况。然而,正因为普鲁斯特是同性恋,所以他笔下的男主人公没有一个爱上女友的情人,斯万、*叙述者*,甚至夏吕斯,无一例外。普鲁斯特所描述的嫉妒不涉及同性恋,求知的欲望,发现秘密的欲望才是嫉妒的缘由。所以,当斯万已经不爱奥黛特的时候,他便通过她以前的一些仆人打探她的情况,而*叙述者*则派巴尔贝克的旅馆侍应部领班埃梅去调查阿尔贝蒂娜的踪迹,就像普鲁斯特本人派阿尔伯特·纳米亚去了解失踪了的阿高斯蒂奈里的行踪一样。

弗洛伊德指出了嫉妒与童年和俄狄浦斯情结之间的关系（还有"兄弟情结"，这一点我们会在下一章谈到）。而普鲁斯特本人则确立了对女人和母亲的爱与伴侣、嫉妒之间的关系。在贡布雷，母亲与客人待在一起，不理会她的儿子。于是，普鲁斯特提到了"那不可思议的、可恶的晚会，想必其中有几股与我们作对的、邪恶的、蛊惑人心的旋风把我们的心上人裹胁而去，让她嘲笑我们！"这一画面给人印象强烈，展现了主人公极度的痛苦，突出了主观想象的色彩（"我们认为"），并充分表明，对母亲的嫉妒是后来出现的种种嫉妒的根源所在。普鲁斯特告诉我们，有一种类型的女人会引起男人的嫉妒，会欺骗他，对于斯万来说，她就是那个"激起他嫉妒心的女人"，那个来自远古的、代表此类女人的幽灵，其存在先于她所代表的所有女人，她的真实名字①我们并不陌生。叙述者提到了他在阿尔贝蒂娜身边感受到的母亲的吻带来的那种宁静，接着，他感到了母亲"勉强向他道晚安"甚至不上楼看他的那些夜晚带给他的那种焦虑。他猜想，这种焦虑先于爱而存在：就是说，焦虑即爱。而且，叙述者希望把阿尔贝蒂娜当作"一个情妇，一个妹妹，一个女儿，一个母亲"留在他的床边。他终于道出

---

① 即母亲。

了心里话,但内心的宁静已经一去不复返了。

母亲激起孩子的嫉妒。有人提出,孩子因为生母亲的气,而想象出了两个不忠的女人:奥黛特和阿尔贝蒂娜。母亲的形象因而受到保护,其他女人成了替罪羊。我们会提出异议,认为这两个女人就像母亲和外祖母一样,都是小说人物,她们对*叙述者*不忠。然而,想象出奥黛特和阿尔贝蒂娜这两个人物的是小说家普鲁斯特。他的目的是为了制服自己的幻想呢,还是被潜意识所驱使呢?

我们在弗洛伊德的一篇文章里看到了普鲁斯特择爱的特点,他谈到了"男人择爱的一种特殊范式",特别是"第三方受害者"的相关条件。如果说,该条件符合斯万和圣-卢的情况,那么,它更适合普鲁斯特本人。"该条件要求相关主体在选择恋爱对象时永远不考虑未婚的女人,换言之,就是不考虑独身的少女或女人,而只选择在财产权上受另一个男人支配的女人,他可以是丈夫、未婚夫或朋友。"第二个条件同样有趣:只有在性生活方面名声不好的女人,才具有被爱对象的魅力(奥黛特是个轻佻的女人,拉谢尔是妓女)。按照弗洛伊德的话说,这就是"娼妓恋情"。因此,我们能够理解,对于这类情夫来说,嫉妒是一种需要:"只有他们嫉妒的时候,他们的激情才会达到顶点。"吃醋并非针对"被爱女人的合法占有者",而是针对她的新欢。因此,普鲁斯特让他喜欢的男人阿高斯蒂奈里的女友住在他家里，并不吃她的醋，他对年轻时的男友加斯东·卡亚维的未婚妻、路易·达尔布菲拉的情妇路易莎·德·莫尔南(这位女演员是拉谢尔的原型)、保罗·莫朗的情人苏左公主都十分友好。三角恋爱伴随了普鲁斯特的一生。弗洛伊德正好也指出，"这样的恋情会重复多次"，有时会形成长长的一个系列。无论是在生活还是在作品中，普鲁斯特的探索目标和弗洛伊德是完全一致的。

这类情人的倾向是，拯救所爱的女人，在家里接待她，从此与她厮守在一起，对她进行教育，与她约法三章，就像斯万和奥黛特一样，普鲁斯特与出租车司机或里兹酒店的服务生也是这种关系。精神分析法对这种行为提出了一种解释。让我们回想一下弗洛伊德的分析吧。母亲属于父亲(他是第三方受害者)。母亲是不可替代的，独一无二的，我们只有一个母亲。恋爱对象构成一个系列，因为这些对象是母亲的替代品。在追求情感满足的过程中，这个系列的对象是无穷无尽的，就像马塞尔·普鲁斯特在生活中有诸多青年男子一样，他笔下的主人公亦然，生活中不乏少女。我们还记得《索多姆和戈摩尔》中描写的一个夏天，在巴尔贝克度假的主人公得到了"十三位少女""柔弱的宠爱"，阿尔贝蒂娜"是第十四位"。

妓女的主题源于普鲁斯特的青少年时代，源于他发现了父母的性关系和妓女存在的真相。母亲委身于父亲，其行为如同妓女，这就是他的幻想。母亲对儿子不忠，其行为如同一个娼妓。欲望中掺杂着报复的心理。因此，《追忆似水年华》中的叙述者多次幻想遇见一位上流社会的少女去妓院，委身于第一个见到的男人，在圣-卢看来，上流社会总是与这位少女的形象，与这个幽灵相关。她名叫德·奥什维尔小姐。叙述者永远也不会见到她，因为这只是幻想。夏多布里昂①也永远不会见到他所梦想的女精灵。人人都有属于自己的女精灵。

① 弗朗索瓦-勒内·德·夏多布里昂(François-René de Chateaubriand, 1768—1848)，法国作家、政治家、外交家、法兰西学院院士。

第十四章 兄 弟

普鲁斯特的读者发现,兄弟关系在《追忆似水年华》中占有很小的位置。叙述者没有兄弟,但有几个人物有:如盖尔芒特公爵和德·夏吕斯男爵、番茄双胞胎①、苏尔吉太太的两个儿子(第一组人物中有一个是同性恋者,他们的原型确实是普鲁斯特兄弟;后两组人物则是同性恋渴望的对象。有趣的是,我们注意到,普鲁斯特塑造的这些人物,都与同性恋关联)。作品同样很少涉及姐妹关系。

如果我们观察一下马塞尔·普鲁斯特的生活,我们就会看到,普鲁斯特兄弟俩之间的关系始终非常好,尽管他们非常

---

① 在《索多姆和戈摩尔》中,叙述者有一次碰到了一对孪生兄弟,哥哥"红红的脸膛,形容粗鲁,脑袋活像一只大番茄",弟弟"也长着一个一模一样的番茄脑袋",他们"长相酷似,难分你我"。

的不同：一个健康、爱运动，另一个患病；一个与父亲很亲近并子承父业，另一个则与没有职业的母亲很亲密，他们与父母的这种关系还体现在他们与其在长相上的相像。罗贝尔·普鲁斯特提到，马塞尔一直对他表现出亲切的、慈母般的态度。普鲁斯特在战争期间写的那些谈到他弟弟的信件证明了这一点："罗贝尔走后①，我就失眠了。"再比如说，马塞尔在整个战争期间，先后给了罗贝尔·普鲁斯特的情妇弗尔尼夫人很多笔钱，而后者并不领他的情（罗贝尔·普鲁斯特夫人发现丈夫出轨及其哥哥所扮演的角色后，对他也没有好脸色："就在他妻子走出去的那一秒钟，"马塞尔在给弗尔尼夫人的信中写道，"罗贝尔几乎是凑在我耳边说道，他和您之间的所有事情，他妻子都知道了。"接着，马塞尔客客气气地，也许是在讽刺挖苦，补充了一句，"我不知道'所有事情'是指什么，也不晓得她是如何知道的"），有最近上市的一本书信集为证，其中的部分内容发表在 2011 年的《普鲁斯特信息公告》上。因此，马塞尔的成长似乎是正常的，他像父亲一样对待弟弟，弟弟成了他的替身，占据了他的位置。

弗洛伊德的情况则与普鲁斯特不同。他向弗里斯坦白，自己一岁左右及日后对弟弟朱利尤斯怀有嫉妒之情，并希望

---

① 这里指罗贝尔上前线之后。

看着他死去："我怀着恶毒的愿望和十足的孩子般的嫉妒心迎接弟弟的出世,他比我小一岁,出生几个月便夭折了,他的死在我心里播下了自责的种子。"弗洛伊德没有过多谈论这个被唤醒的残酷记忆,但它隐藏在死亡的梦里。后来,弗洛伊德第一个谈到了"兄弟情结"。

　　弗洛伊德在歌德那里也发现了同样的情感,并以《诗与真》中看似无足轻重的一页内容为依据,对其进行了研究。我们知道,歌德把餐具扔出窗外的举动,其象征意义仿佛就是要除掉他弟弟。弟弟死后,小歌德找回了心理平衡和快乐。"孩子如果一度是母亲的绝对宠儿,"弗洛伊德总结道,"一生都会有征服者的感觉,事实上,这种志在必得的心态常常会给他带来成功。歌德完全有理由为他的生平写出这样的题词:我的力量源自我与母亲的关系。"这种坚定的乐观主义,甚至是胜利者的情感,表面上消除了负罪感,清除了争夺母亲的对手,赶走了被抛弃的恐惧。

　　自信的特点,也体现在普鲁斯特的身上,他跻身上流社会时所表现出的淡定就是证明。他逐渐进入巴黎最难接近的那些沙龙(他在《费加罗报》和《高卢人报》为它们开办专栏),结交了各种各样的朋友,与他们结下了最牢固的友谊,这同样彰显了他的自信:他有十几位男性和女性朋友,他们给后人留下了他们的回忆,有时是整部整部的书籍。很少有人能抗拒普鲁斯特的魅力和他铁一般的意志。尤其是,我们从他和他作品之间的关系中,就可以看出这个被母亲宠爱的长子具有什么样的性格。尽管他的手稿或作品简介被许多出版商拒之门外,但他从不气馁,从没有失去信心。他也不在乎那些不理解他或奚落他的文章。他从未怀疑过自己的天资。正是这一点,使他对加斯东·伽利玛①穷追不舍,使其最终成为自己的出版商,他跟贝尔纳·格拉塞②没费这么大的劲。

可是,这一切不是太过美好了吗? 普鲁斯特身上难道没有一种兄弟情结吗(让-贝尔特朗·蓬塔利斯③在《前者的兄弟》中对这种情结进行了研究)? 如果是这样,那是因为我们缺乏有关他们兄弟俩童年回忆的信息,因而不了解相关特征呢,还是这些特征被刻意压抑,就像弟弟在《追忆似水年华》中被排除一样呢? 这部作品其实也是一部家庭小说:弗洛伊德写道,"这样的家庭小说还存在另外一种有趣的模式,在这里,故事的作者,即主人公,他以这种方式将其视为非法的兄弟姐妹统统除掉,重返自己的合法地位"。弗洛伊德也是如此吗? 他很少谈到朱利尤斯,他在《摩西与一神教》中只让摩西的哥

①　法国著名的出版商。
②　法国著名的出版商。
③　让-贝尔特朗·蓬塔利斯(J.-B. Pontalis, 1924—2013),法国哲学家、精神分析家、作家。

哥亚伦出现过一次,而且身份含糊,"那个被叫做他兄弟的人"是来帮助摩西与别人沟通的,因为摩西的话很难懂。有人相信,马塞尔九岁第一次犯哮喘的原因,是他弟弟步入了懂事的年龄。弥尔顿·米勒首次对普鲁斯特进行了全面的精神分析研究(1956年),他的分析广泛地建立在弟弟出生时普鲁斯特所受到的心理创伤之上。另外,他还指出,普鲁斯特在其小说中塑造了一些有兄弟义气的人物形象,首先是罗贝尔·德·圣-卢,他在《让·桑德伊》中的角色是亨利·德·莱威利昂。普鲁斯特是不是想到了他母亲曾经叫他的昵称"我的小卢"①呢?然而,圣-卢除了对叙述者的关爱,没有罗贝尔·普鲁斯特的任何特征,而且这个人物在小说结尾时似乎已经堕落了:他变成了同性恋者,经常去朱比安的妓院,而且还把他的十字军功章落在了那里。在人物性格方面,马塞尔起先想到的原型是他的朋友贝尔特朗·德·费内隆,但他后来改变了主意,选择了罗贝尔·杜米埃尔,他和圣-卢一样死在战场,而罗贝尔·普鲁斯特则没有这样的经历。

这两个人②的名字使我们明白,这些有兄弟义气的人物性格暧昧,他们是母爱的对象。弗洛伊德晚期与美国政治家

---

① "卢"是法语"loup"一词的音译,该词是"狼"的意思,也可以用作昵称。

② 指费内隆和杜米埃尔。

威尔逊的助理及大使威廉·布里特合写的一部作品,伍德罗·威尔逊总统的传记,对上述人物的出现给出了解释。有趣的是,威尔逊总统的这幅画像确立了兄弟情结与潜在的同性恋之间的联系,从一个新的角度阐明了普鲁斯特的传记。威尔逊有一个弟弟,是与他分享母爱的对手。"后来,威尔逊始终需要和一个比他年轻的男子保持友爱的关系(……)在这些友好的往来中,威尔逊明确地扮演着父亲的角色,而他男友代表的则是青年时代的他。"但是,一种敌对感、背叛感会伴随着这些友情。普鲁斯特便把这样的友情转移到了他的兄弟们身上:罗纳尔多·阿恩、吕西安·都德、贝尔特朗·费内隆、阿高斯蒂奈里。和威尔逊一样,普鲁斯特"一直在重演他童年的悲剧",把事情搞糟。父母在给予一个弟弟生命的同时,背叛了长子。普鲁斯特把自己被抛弃的责怨转移到了朋友那里,让他们占据了弟弟的位置:他们难道不是在重复、重演最初的背叛吗?

第十五章　失误行为

　　马塞尔·普鲁斯特十六岁时写给外祖父的一封信中,有一个很好的双重失误的例子。他问外祖父要十三法郎:"理由是,我当时非常需要去找个女人,以终止我自慰的恶习,所以爸爸给了我十法郎,让我去妓院。但是,首先,激动之下我打碎了一个便壶,价值三法郎;其次,由于慌乱,我没能做爱。所以,我就和以前一样,时刻等着有十法郎去发泄,外加三法郎的便壶钱。"年轻的马塞尔还没有勇气和决心把"人际交往中的小小失误"解读为"某种先兆,把它们作为隐秘意图的表象加以探索"。这种勇气和决心是弗洛伊德所希望的。

　　普鲁斯特没有让弟弟罗贝尔成为他小说中的人物。这算是一种失误行为吗?如果他能够预见评论家后来就这个话题说三道四的话,他会为自己的做法感到懊悔吗?其实,普鲁斯特并没有冷落他的弟弟,他只是没有给他想象的主人公叙述者安排一位想象的弟弟而已。伟大的小说家难道不都是这么做的吗?巴尔扎克、福楼拜的兄弟在哪里?司汤达的妹妹在哪里?

弗洛伊德指出了这些创作细节、失误行为、口误的重要性,普鲁斯特则对其进行了研究。"诗人把口误或失误行为当作诗歌表达手段加以利用的做法屡见不鲜。仅这个事实就足以向我们证明,诗人把失误行为、口误视为某种理智的表现,因为,这是他有意而为,不是吗?"弗洛伊德借用了席勒、利希滕贝格①的一些例子,正如他常常从莎士比亚那里求证一样。"有意而为":这就是说,犯口误的是人物,不是作者,但作者有意识地赋予口误某种意义。至少在原则上是这样,就像我们在谈到普鲁斯特和"43 号房间"时会看到的那样。

在专门研究口误之前,弗洛伊德指出,一些细小的事情对了解内心活动非常重要。精神分析的观察素材,"通常是由这些不显眼的、被其他科学认为过于微小而淘汰的事件组成的,它们在某种意义上相当于现象世界中的废品。"然而,有些非常重要的事情却是"通过一些很不起眼的表象"表露出来的。

---

① 利希滕贝格(Lichtenberg,1742—1799),德国的启蒙学者,杰出的思想家、讽刺作家、政论家。

我们对普鲁斯特的方法给不出更好的定义了：细节造就了现实主义小说家，或者说停留在叙事表面的小说家；对细节的解读造就了伟大的小说家。

口误是两种不同的意图、两种对立的话语力量，相互影响、相互碰撞的结果。一种力量是受到干扰的表面行为，另一种是造成干扰的隐匿行为，后者本身也已经受到干扰。对口误的研究已成为必要，普鲁斯特也在其小说中对这个问题进行了探究："我们迄今没有发现的、刚刚发生的这件事至关重要。"问题是要在没有讲话者认同的情况下，根据蛛丝马迹，对口误进行解读。我们解读失误的依据来源于对以下几个方面的了解："失误行为出现时人的心理状况、失误行为者及其失误行为之前所受到的触动——失误行为可能是他受到触动而作出的反应。"心理状况为解读的认证提供了依据。

普鲁斯特在《女囚》中让我们读到了最出奇的口误之一，我们可以运用弗洛伊德的方法去解读它。当然，普鲁斯特已经完成了主要的解读工作，他把这个口误归咎于阿尔贝蒂娜面对弗朗索瓦丝所处的特殊情境、激动的情绪和偶然性：年轻女子一丝不挂，躺在叙述者身边（我们不清楚他是什么反应）："我记得有一次，阿尔贝蒂娜和我没有听到弗朗索瓦丝进来，她进来时，我的女友正依偎着我，一丝不挂，阿尔贝蒂娜想提醒我弗朗索瓦丝进来了，便不由自主地说：'瞧，漂亮的弗朗索瓦丝来了。'弗朗索瓦丝眼神不好,而且也只是在相距我们很远的地方穿过房间,本来可能什么也不会发现。但是,'漂亮的弗朗索瓦丝'这样的话很反常,阿尔贝蒂娜以前从未说过,它的由来不言自明;她(弗朗索瓦丝)感到这话是阿尔贝蒂娜因为激动而偶然捡来的,她什么也不用看就明白了一切,于是用她的方言低声说了'poutana'①这个词之后走了出去。"

这里,解读的不确定性涉及唯一的形容词"漂亮的",因为老女仆弗朗索瓦丝并不漂亮。是性行为改变了弗朗索瓦丝在阿尔贝蒂娜视觉中的形象,使她把自己的美丽投射到了丑陋的擅入者身上了吗?还是这里涉及到弗洛伊德指出的颠倒式口误呢?她很丑,但在主人公的震惊之下变漂亮了,因为就像在梦幻中一样,后者把本来想说的意思颠倒了。**"她是漂亮的弗朗索瓦丝·龙盖,她是漂亮的弗朗索瓦丝,她就要嫁人"**,弗朗索瓦丝还记得这首歌吗?总之,她甚至没有瞧这对男女一眼就明白了一切。

普鲁斯特分析过的口误不只这一个,再说语气本身就能够说明问题:勒格朗丹的声音突然变得狂怒、粗俗,"与他所说的话毫不搭调,只和他的感受有更直接的联系(……)。突然,我们内心深处有一头邪恶而陌生的野兽咆哮起来",袒露出某

---

① 即 putain(婊子)的意思。

个错误或罪恶，正如"一个罪犯突然间接地、奇怪地认罪，情不自禁地忏悔自己杀了人，而你还不知道他是罪犯"。（这里，我们不禁想到陀思妥耶夫斯基。）

接着，普鲁斯特对潜意识和压抑进行了更加深入的探索：两个俄罗斯人在犹豫进不进朱比安的妓院，其中一人反复说道："总之，咱们才不在乎呢！""这个'总之，咱们才不在乎呢'是这种美妙的语言中上千个例子中的一个，它与我们平常说的语言大不相同：激动致使我们本来想表达的意思发生偏差，一个完全不同的句子在原来的位置上脱颖而出，它来自一小神秘之湖，那里生长着一些与思想毫无关系的语汇，而思想却因其得以彰显。"这个神秘之湖是潜意识的一种美妙的比喻，它与《追忆似水年华》中的所有河流相通，从维福纳河直到巴尔贝克的大海。

口误不仅仅受性的支配："另一次，是在很久之后，已经成为一家之主的布洛克，把一个女儿嫁给了一个天主教徒，有位缺乏教养的先生对她说，他好像听别人说过她是犹太人的女儿，并问她父亲姓什么。这位少妇在娘家是布洛克小姐，就按照德语的发音回答说姓'Bloch'，犹如盖尔芒特公爵那样，不是把 ch 这个音发成 c 或 k，而是发成德语的 rh。"布洛克小姐就是以这种方式来认同那位先生的反犹主义倾向的。

对于普鲁斯特和弗洛伊德来说,一切尽在语言的解读之中。在谈到语言时,弗洛伊德在《西格蒙德·弗洛伊德自述》中写道:语言"是一种权力工具,通过这种手段我们将自己的情感传递给他人,通过这条路径我们得以对他人产生影响。有些话能带来溢于言表的好处,但也能造成可怕的伤痛"。小说家的整个艺术都建立在语言之上:叙述者说,"我唯一(……)看重的证据,不是对事实做出理性分析的表述。话语本身,只有像一个受窘的人涨得通红的脸,或者突如其来的沉默一样得到解读时,才会给我提供有用的信息"。"通过适当的分析或电解的方法",可以从对话者的话语中提炼出他没有表达的某些思想。比如,阿尔贝蒂娜喊道,她宁愿度过一个自由自在的夜晚,"被人上后庭……",也不愿意与维尔杜兰夫妇打交道。一说完这话,"她的脸很快变红了",她声明自己不知道这些下流的字眼是打哪里来的,也不晓得它们的意思是什么。阿尔贝蒂娜因此暴露了她有肛交的习惯,除非,由于疏忽,普鲁斯特使用了一个男人用的词汇,忘记了阿尔贝蒂娜不是阿高斯蒂奈里。至于相关征兆或科技术语,没有比《女囚》更接近《日常生活的精神病理学》的作品了,十五年后,弗洛伊德在《精神分析学导论讲座》中重新采用了他在前一部作品中所做的分析(最先出的法文版,题目缩略为《精神分析学导论》)。

弗洛伊德和普鲁斯特还对其他的一些失误行为进行了研究,比如遗忘专有名词的现象,尽管这方面的探索让他们失望。普鲁斯特在《索多姆和戈摩尔》中用了三页的篇幅对这种失误进行了临床描述,但没有明确其产生的原因。他对研究过程进行了描述,但没有说明遗忘的原因——压抑。应该说,忘记出现在社交晚会上的德·阿巴雄夫人的名字(虚构的),很难与叙述者的潜意识联系起来。最聪明的评论家都没有去冒这个险。最有说服力的理由应该是,主人公极不想见这位夫人。弗洛伊德引导我们去寻找这些失误行为的原因,比如,他对西格诺内里(Signorelli)这个名字的遗忘进行的研究,堪比构思真正的侦探小说。

普鲁斯特还把*叙述者*告别、忘记阿尔贝蒂娜的一个重要转折点建立在一个阅读口误上。在读到一封似乎由阿尔贝蒂娜而不是希尔贝特署名的电报(她们两个人名字中相同的音节会造成口误)①时,*叙述者*以为阿尔贝蒂娜没有死。至此一直在左右他的困扰最后一次爆发,迫使他发现,他对阿尔贝蒂娜的爱不复存在,伤痛过渡期已结束,遗忘发生了作用,这回

---

① 阿尔贝蒂娜的法文是 Albertine,希尔贝特是 Gilberte。

她真的死了。阅读口误的责任被小说家推到了电报局职员的身上；总之，这不重要，*叙述者*也可能犯这样的错误："一个心不在焉的人，尤其是一个先入为主的人，在认定一封信是某个人写来的时候，能读出一个词里的几个字母？能读出一个句子中的几个词呢？他边读边猜，同时还在创造；一切都源于最初的错误。"弗洛伊德也说："我们用另一个词代替要读的词，无需文本与口误结果之间存在某种实质上的关系，我们通常依赖词语的相似性。"

　　另一个口误确实来自*叙述者*，它是许多深刻的评论文章研究的对象。那就是有关 43 号房间的口误。故事发生的地点是巴黎，朱比安的妓院，时间是 1914 年世界大战期间。*叙述者*借助一个通风窗，从 43 号房间里观察到夏吕斯正在 14 号乙房间里被捆绑、鞭打的情景。但是，后来，他的一个口误把捆绑夏吕斯的那张床所在的房间说成了 43 号房间①，仿佛他看到的那一幕是在 43 号房间里发生的。马里奥·拉瓦杰托②由此断言，小说契约在此被打破：*叙述者*并非远远地静观一切，而是置身于行动或是激情荡漾之中，置身于被诅咒的房

---

① "德·夏吕斯先生非常希望这种梦想能使他产生直面现实的幻觉，所以朱比安只得卖掉 43 号房间中的木床，并用一张更适合链条捆绑的铁床来代替。"

② 马里奥·拉瓦杰托（Mario Lavagetto, 1939—），意大利文学批评家。

间之中：他这是在坦言，自己是同性恋，而且还可能是施虐受虐狂。普鲁斯特也许和他一样。

关于*叙述者*流露出的同性恋倾向，安托万·孔巴尼翁①曾费过很多笔墨。他认为，口误来自普鲁斯特，并非*叙述者*，作者本来可以在校样上修改这一口误，如果他不是在作品出版之前就去世的话。再说，我们不要忘记，普鲁斯特不是现实主义作家：*叙述者*怎么能从 43 号房间观察到 14 号乙房间呢？除非是从院子的另一边，而作品中并没有提到院子的存在。拉瓦本托的论断站不住脚。

这一争论掩盖或者揭示了继纪德之后人们常常对普鲁斯特做出的指责。*叙述者*为什么不是同性恋？有人挖空心思地寻找能够证明他是同性恋的证据，比如有关 43 号房间的口误。有人同样抱怨*叙述者*不是犹太人，不是真正的哮喘病患者，没有一个当医生的父亲。至于弟弟的事情，我们也都看到了。

假如我们不以作品、不以所谓的作者与读者之间的"契约"为参考依据，而是读一读传记的话，一切就都一目了然了。很久以前，在 1971 年的时候，我们就试图证明普鲁斯特建构

---

① 安托万·孔帕尼翁(Antoine Compagon, 1950—)，法国作家、文学批评家、法兰西学院教授。

的是一个艺术世界,即一个杜撰的、想象的世界,他所运用的叙事方法非常精巧,堪比亨利·詹姆斯①。幻想必然与现实生活、与自传是有距离的。同性恋者普鲁斯特塑造了一个非同性恋的主人公,这对他来说比讲述自己的故事更有趣。根据我们对作者的了解去发现他小说中的口误,就好比要在一座大山里找到一只小老鼠。更值得看到的是,和弗洛伊德一样,普鲁斯特让我们走进了他在一封信中提到的那个世界,"唯有最伟大的天才方能让我们身临其境,这里既无逢迎,亦无怨恨"。

普鲁斯特在他生命的后期还有过一个口误。那是在他获悉蒂索②的画作《皇家街俱乐部》的一个复制品而受到某种触动时发生的。他在《女囚》中异乎寻常地称呼斯万为"亲爱的夏尔·斯万",说画中的他坐在圣莫里斯和加里费中间。然而,只要我们看一看这幅画——现存放在奥赛博物馆,我们就会发现,坐在这两个人中间的是埃德蒙·德·波利尼亚克亲王,而不是夏尔·阿斯③,后者站在阳台入口,仿佛是个局外人。普鲁斯特对这位亲王佩服得五体投地,他1903年写的一

---

① 亨利·詹姆斯(Henry James,1843—1916),美国作家。
② 蒂索(Tissot,1836—1902),出生于法国,英国维多利亚时代新古典主义画派的代表画家。
③ 夏尔·斯万的原型。

篇专栏文章就是见证:"他是一位和蔼可亲的王子,一个伟人,一个了不起的音乐家。"充满内心的智慧之光在他脸庞上刻下了他心灵的印记。1918 年,普鲁斯特本来要把《在花季少女们身旁》献给他,但遭到了亲王夫人的拒绝,因为这本书的内容与她丈夫以及人们赋予他或他们的生活习惯之间有相似之处,这让她感到不安。我们可以想象,普鲁斯特潜意识地用另一个人替换了夏尔·阿斯,那是他曾经爱过的一个人,而且,就像在神经症患者的家庭幻想中一样,这个人有着高贵的身份:他是亲王。

第十六章　风趣、幽默

我们知道,开玩笑的时候,我们什么都可以说,即使是真话。

——弗洛伊德

弗洛伊德认为,风趣话是一种绝妙的口误。所以说,它与潜意识有关。弗洛伊德和普鲁斯特对玩笑、风趣、幽默有着共同的兴趣。如前所言,弗洛伊德告诉他的未婚妻,他们还没有"共同的幽默"。他在读《堂吉诃德》(1883)的时候都笑疯了,表现出了一种"快乐的忧郁",致使他"没有把时间用在正事上"。这种幽默是他从父母那里继承的吗？还是他所在的社会阶层培养出来的呢？我们也会想到,马塞尔·普鲁斯特继承的是母亲和外祖父母的幽默,而不是父亲的医学思想,父亲当寄宿生的那些故事也没有对他产生什么影响,而且,他还通过戈达尔医生这个人物嘲笑他父亲。直到他的晚年,普鲁斯特的最大乐趣之一,就是给他的朋友朗读他作品中一些滑稽的章节,其中包括让·科克托,他在《鸦片》中非常传神地讲到了普鲁斯特朗读时大笑的样子,他用双手捂住笑得走了样的脸。

普鲁斯特和弗洛伊德各自都积累了一种喜剧文化(它得不到养护,就会凋谢),收集了一整套的——往往是犹太人的——笑话,或是十九世纪末在巴黎的沙龙和剧院里流行的风趣话,梅拉克①和哈莱维②是这种诙谐风格的代表。普鲁斯特在一位女哈莱维——施特劳斯夫人——那里也发现了这种风采,并为盖尔芒特公爵夫人从她那里借用了好几个"台词",这种风趣话还体现在他一些朋友的剧本中,如罗贝尔·德·弗莱尔③、加斯东·德·卡亚维④(戈达尔在维尔杜兰夫妇家里说的那句"老笑话"或者说谚语,就来自他们的剧本《米凯特和她的母亲》:"我宁愿她上我的床,而不是遭雷击")。

风趣、幽默:我们可以风趣而不幽默。风趣话是间断性出

----

① 亨利·梅拉克(Henri Meilhac, 1830—1897),法国剧作家。

② 吕多维克·哈莱维(Ludovic Halévy, 1834—1908),法国作家。

③ 罗贝尔·德·弗莱尔(Robert de Flers, 1872—1927),法国剧作家。

④ 加斯东·德·卡亚维(Gaston de Caillavet, 1869—1915),法国剧作家。《追忆似水年华》中的人物圣-卢的原型。

现的,是在孤立的时段内闪亮登场的。幽默则是一种持续的态度。二者皆是语言现象,确切地说,就是弗洛伊德所分析的对象,也是普鲁斯特所重构的对象。风趣和幽默的语言标志着它们与来自他人、来自生活的语言之间的距离,前者是间断性的,后者是连续性的。但是,我们只有在生活让我们痛苦的时候,才与之保持距离。普鲁斯特绝不会直截了当地曝光这种深深的苦恼所产生的原因,他力图依靠语言去战胜它。这位神奇的喜剧作家满足于逗我们开心,而弗洛伊德则让我们找到了问题的答案。《诙谐及其与潜意识的关系》中的最后一句话,无论在思想和形式,甚至在结尾的三元节奏上,都可能出自普鲁斯特的手笔。在他晚些时候关于幽默的研究中,就在收尾之前,他采用了一个精彩的有关幽默的文学表达方式,这是长期探索的结果:"幽默向受惊的我道出了充满关怀抚慰的一番话语。"

风趣话

弗洛伊德一直在收集笑话、风趣话,尤其是在与弗里斯的通信中,因为,即使是梦也不乏风趣。他发现了风趣话和潜意识之间可能存在的关系。他因此花了好几年的时间深入研究相关问题,去发现荒诞的表面现象背后所存在的意义。为了证明对这个看似没有什么意义的主题进行研究的必要性,他提出,任何心理方面的探索,无论看似有多么遥远,都有助于推进精神分析法其他领域的研究。对这个会被认为很肤浅的主题进行研究的另外一个理由就是,风趣话在社会中扮演着重要的角色。

这里也涉及到快乐的主题,因为风趣话的心理价值在于它所带来的快乐。和所有的快乐一样,它让成年人重温童年的游戏。"儿童在学习母语的词汇时,"弗洛伊德写道,"很喜欢以游戏的方式去体验这一学习过程。他组织起词语来,不管它们的意思,以享受节奏和韵律的快乐为目的。"后来,他试图打破清规戒律,使词句失去本来面目。他沉迷于这些游戏时,"充分意识到其中的荒诞性,唯一的诱惑是品尝理智不允许触碰的禁果"。他利用游戏来摆脱批判理性的桎梏。这是"获得荒诞自由"带来的一种快乐。

所有属于喜剧范畴的语言创作都"服从于快乐原则"。这些游戏的技巧和梦生成的技巧相似。风趣话建立了一种潜意识的、幼儿的梦幻机制。和梦一样,它把意念转化为影像,浓缩、移置了梦的种种元素。

梦是反社会的,而风趣"是以赢得快乐为目的的最社会化的心理活动"。而且,风趣还应该能够被人理解:听者能够感受到它的效果。梦是一种欲望,而风趣则是游戏的上演。

弗洛伊德习惯在其论著中收集趣闻轶事、风趣话,而普鲁斯特是在其小说,尤其是在与社会关系最密切的那些作品中——《斯万之恋》《盖尔芒特家那边》,积累它们,而且分语言等级:戈达尔的语言粗俗、浅薄,包括他那些同音异义词的文字游戏——弗洛伊德把这种游戏视为风趣话中最低俗的表现形式;布里肖的玩笑粗俗笨拙;斯万和盖尔芒特公爵夫人的诙谐很高雅:"奥丽阿娜的用词"尽人皆知。我们知道,普鲁斯特笔下的人物说的那些话,都是他自己曾经听到的,这些话在他那个时代的沙龙里到处流传。假如这些话没有被他收集的话,早就被人们遗忘了,正如弗洛伊德在《诙谐及其与潜意识的关系》中记录下的那些话一样。

弗洛伊德所描述的儿童在语言嬉戏中获得的快乐,也出现在普鲁斯特的作品里,正如伯格森所描绘的那样,他生活在喜剧语言盛行的末期,这一时期的喜剧大师有阿尔封斯·阿莱①、乔治·费多②、萨沙·吉特里,还有后来的阿努伊③和吉罗杜。如今,风趣话从社交生活和社会生活中消失了:以前有王尔德、孟德斯基乌、埃梅里·德·拉·罗什福科、伯尼·德·卡斯特拉纳、施特劳斯夫人,现在还有谁的风趣话可以传

---

① 阿尔封斯·阿莱(Alphonse Allais, 1854—1905),法国作家、幽默大师。

② 乔治·费多(Georges Feydeau, 1862—1921),法国剧作家。

③ 让·阿努伊(Jean Anouilh, 1910—1987),法国剧作家、导演。

播呢？风趣话只因第三个听者而存在，后者与第一个说话的人心心相印，与之分享或排斥同样的情绪。如果奥丽阿娜·德·盖尔芒特要想有人在陌生的沙龙里听懂她说话，至少需要斯万在场，他属于她圈子里的人。

奥丽阿娜的风趣是盖尔芒特家族诙谐的一种类型，是一个集体现象：圈子里的成员说的玩笑话属于同一类型或风格，只有他们能懂。这类玩笑体现了(盖尔芒特)集团的统一，圈子里的人能听懂，而被嘲讽的对象则不懂。因此，圈子里的成员反复共享着的别人的表演带给他们的快乐："我只有见到您的时候，才不感到无聊"，洛姆亲王夫人对斯万说。

盖尔芒特家族的诙谐，尤其体现在：在谈到有关所有陈词滥调的每个使用不当的词时，加重语气，从而与之摆脱干系。说风趣话也是一个方面，梅拉克和哈莱维为普鲁斯特在这方面提供了榜样(我们还可以通过奥芬巴赫①认识这两位作家，他们为他的一些歌剧写过剧本)，"这种敏捷的才思脱离了陈词滥调和情感规约，梅里美是其源头，梅拉克和哈莱维的戏剧是最后的绝唱"。这种才思要独占鳌头："您还认识其他具备这种才思的人吗？"奥丽阿娜笑着问道。与这种家族精神相仿

① 雅克·奥芬巴赫(Jacques Offenbach，1819—1880 年)，德籍法国作曲家、法国轻歌剧的奠基人和杰出的代表。

的，是莫特马尔家族精神，普鲁斯特想复原其本来面目，因为圣-西门总是谈到莫特马尔家族精神，但却从未对其进行定义。弗洛伊德同样对犹太人的故事进行了分析，至少是犹太人创作的那些故事。他对笑的描述和普鲁斯特一样细致："我对另一个人说风趣话，逗他笑的时候，其实，我是在利用他逗我自己笑，实际上我们可以注意到，起先表情严肃讲风趣话的那个人，接下来会随着另一个放声大笑的人，有节制地笑起来。"

笑话和风趣——后者是前者的源泉（德语"witz"包含两者的意思）——是一种摆脱世界，摆脱庸俗，摆脱无聊的方式：盖尔芒特公爵夫人总是害怕，或者说假装害怕无聊。总之，说风趣话是一种摆脱自我的方式。

话语的机制与梦相似，带有浓缩、移置、倒置的功能。普鲁斯特常常在幽默中使用移置：维尔杜兰夫人①的新眼镜显示，就像在梦中一样，曾经重要的东西如何变得次要，而曾经是次要的东西如何占据了中心位置："它们（眼镜）的状况绝好。但是，透过眼镜，我觉察到，在这种功率强大的设备底下，有一缕细微的、暗淡的、痉挛的、垂死的、漠然的目光，就像在那些得到的资助过于丰厚的实验室里，人们在最完善的仪器

---

① 应该是布里肖。

142

之下放了一只微不足道、奄奄一息的小动物一样。"句子越偏离论题,我们要弥补的偏差本身就变得越滑稽,就像一个人物用朗读拉辛的一句诗时应有的语调说话一样,"而他完全不知道这句诗",这种手法接近隐喻,因为本体和喻体的偏差越大,隐喻便会显得越富有诗意。看到普鲁斯特了解实验室资助的事,我们感到惊讶,因此,偏离效果进一步加强。

1927 年,也就是普鲁斯特停止在沙龙里给朋友们读他的小说、进行滑稽模仿、逗他们乐的五年之后,弗洛伊德发表了一篇关于幽默的文章。他指出,二十多年前,在《诙谐》中,他只谈论了节省情感能量消耗的问题,情感能量是幽默的源泉。借助玩笑,我们避免了具体情境可能导致的情感外露。幽默家是如何具备这种心态的呢?

于是,他提出了一种非常重要的解释。在幽默中,自我拒绝任人宰割:来自外部世界的创伤触及不到他,而且甚至是快乐的源泉:这就是快乐原则的胜利。超我,父母权威的继承者,把自我当孩子对待。童年的自我为虚幻的不幸遭遇所困扰,安慰他的是由超我所代表的父权。在幽默的姿态下,被放大的超我使自我显得非常渺小,使自我的利益或烦恼显得微不足道。重要的不是开什么样的玩笑,而是"幽默所付诸实施的意图"。幽默意味着:"瞧,这就是那个看上去如此危险的世界。其实这不过是一场儿童游戏,只配开开玩笑而已!"总之,自我躲藏在超我之中,以否定自己所遭遇的不幸。有一个例子,普鲁斯特和弗洛伊德都没有提到,那就是关于奥斯卡·王尔德的,他弥留之际说道:"我要负债而亡了。"①

风趣话只是某个瞬间的内容,是潜意识对喜剧领域所做的贡献,幽默则代表了一种面对生活的一贯态度和超我对喜剧领域所做的贡献。我们想到了玛格丽特·尤瑟纳尔②的父亲对她说的一句话:"总之,我们才不在乎呢,我们又和这个世界无缘。"弗洛伊德说,这就是我们有意找回的童年,那是"一个我们不懂得喜剧、没有风趣、在生活中不需要幽默就能感到幸福的年代"。

---

① 一种说法是,王尔德临终前收到医生的账单时说了这句话;另一种说法是,他收到酒店的账单时说了这句话。

② 玛格丽特·尤瑟纳尔(Marguerite Yourcenar, 1903—1987),法国作家,法兰西学士院第一位女院士。

第十七章 哀 伤

疾病

我们知道普鲁斯特的身体因为什么而痛苦。可是,他笔下的叙述者得的是什么病呢?普鲁斯特让他表现出哮喘病的某些症状,尤其是他在陌生的房间里会感到恐惧,他因为夜间发病而失眠(作者从未对这些病症进行描述,不像他在短篇小说《冷漠的人》中所做的那样),母亲(并非父亲)为他的身体担忧,他还患有继发性的心因性疾病,比如阻止他去佛罗伦萨的那种病。哮喘病患者害怕与母亲或她的替代者分开:所以,尽管威尼斯有女人和普特布斯夫人的贴身女仆的诱惑,叙述者还是上火车找他的母亲去了。

此外,叙述者还被一种时尚的疾病所折磨,那就是"意志病",关于它里博写过一本书。这种病在《欢乐与时日》中就出现了。我们注意到,根据不同的时代、习俗、流派或学者,一些神经性的,或神经官能症的病理现象有着不同的名称:G. M. 贝阿尔①(美国,1869)谈到了神经衰弱;自古以来,人们还说到了癔病——包括十九世纪的布里盖②(1859)、夏尔科、里歇③、A. 比奈④;让内⑤则提到了精神衰弱症(这一概念还出现在萨特的作品中)。"癔病"、"神经衰弱"、"神经官能症"这些词都出现在《追忆似水年华》中。

弗洛伊德的昏厥也反映了他对离别、绝交(与荣格)的恐惧。艾伦伯格⑥——发现潜意识的精神医学史学家,甚至发明了"创造性疾病"这一概念,他觉得弗洛伊德、荣格、费希纳⑦、尼采都有这种疾病。

然而,与普鲁斯特不同,弗洛伊德一点也不觉得自己是医

---

① 乔治·米勒·贝阿尔(G. M. Beard, 1839—1883),美国神经科医生。

② 皮埃尔·布里盖(Pierre Briquet, 1796—1881),法国医生。

③ 夏尔·罗贝尔·里歇(Charles Richer, 1850—1935),法国生理学家。

④ 阿尔弗雷德·比奈(A. Binet, 1857—1911),法国实验心理学家、智力测验的创始人。

⑤ 皮埃尔·让内(Pierre Janet, 1859—1947),法国心理学家、精神病学家。

⑥ 亨利·艾伦伯格(Henri Frédéric Ellenberger, 1905—1993),瑞士精神病学家、精神医学史学家。

⑦ 古斯塔夫·费希纳(Gustav Theodor Fechner, 1801—1887),德国实验心理学家。

生,仿佛当医生的儿子要比自己当医生更重要一样。在《外行分析的问题》①中,弗洛伊德在对神经官能症的症状进行了生动的描述之后,试图说明,医生对根治这种病因是无能为力的。普鲁斯特笔下的杜·布尔邦医生既治不好*叙述者*的病,也治不好他外祖母的病。外祖母的疾病导致了她的死亡,这是《追忆似水年华》中的一场重头戏,外祖母的离去使主人公陷入哀伤。

哀伤

我们惊讶地发现,时隔一年之差,普鲁斯特(《失踪的阿尔贝蒂娜》)和弗洛伊德(《哀伤与抑郁》)相继对哀伤期的不同阶段进行了描述。弗洛伊德分析中用的每一个词都适用于*叙述者*哀悼阿尔贝蒂娜的不同时刻。当然,对情感的分析在普鲁斯特的小说中要细致得多,小说为精神分析家的理论提供了非常详细的例子。这并不意味着普鲁斯特思想匮乏:相反,很少有小说家像他一样表达过如此丰富的思想,写过这么多深奥的、富有哲理的、对行为科学做出了贡献的语句。

让我们回顾一下弗洛伊德理解的哀悼所包含的不同阶

---

① 这是弗洛伊德 1926 年发表的一部著作。

段,他的思考与战争不无关系(他谴责战争的目的及其手段),如同他在另外一篇重要的文章——《我们对待死亡的态度》——中所表明的那样。哀伤的特征是对外部世界失去兴趣("因为外部世界不能让我们想起逝者"),失去另有所爱的可能(也就是说替换被哀悼者的可能),一切活动受到抑制。治愈哀伤的工作就是"让力比多脱离与被爱对象的联系"。因为另一个人的死亡而自责,并试图惩罚自己,这就是神经官能症患者的心态。"内心矛盾引起的冲突使哀伤表现出一种病态,促使它以自责的形式出现,因为主体是有责任的,也就是说,他曾经希望被爱对象死去。"这种形式的痛苦是自恋癖的表现:我们在《盖尔芒特家那边》①中读到,"因为死者只存在于我们心中,当我们执意去回忆曾经教训过他们的时候,我们不断鞭挞的正是我们自己"。

总之,让自我的力比多摆脱失去的被爱对象,是需要时间的。因此说,弗洛伊德下面的话似乎是对《失踪的阿尔贝蒂娜》的概括:"每个记忆和期待的心境都表明,力比多离不开失去的被爱对象,而现实做出的判决是:被爱对象不复存在。"正常的自我,决定活下去,"与亡故的对象断绝联系",哀伤治愈期结束时,他找到了一个继续活下去的、满意的、具有自恋意

---

① 应该是《索多姆和戈摩尔》。

识的理由：有一阵子，*叙述者*终于可以大喊，阿尔贝蒂娜真的死了。

　　母亲去世后的六个星期，马塞尔·普鲁斯特在给施特劳斯夫人的一封信中写道，他每次出门回来的时候，都是很艰难的，因为他忘不了，每次回家时，母亲都在家里等着他，为儿子的身体担忧。那种担忧使他现在内疚不已。"再说，我时而觉得，自己似乎习惯了面对这次不幸，准备重新开始品味生活，我为此感到自责，而与此同时，一种新的痛苦向我袭来。因为，我们的忧伤不只是一个，伤感每时每刻都会以另一种形式出现，为某种和以前相同的印象所激发。"普鲁斯特对刚刚失去儿子的波尔图-里士①说，自己应该搬家，搬到母亲从未去过的地方，"应当远居他乡敬拜母亲"。他再次自责曾经让他母亲过度忧伤，"因为他总是生病，所以一想到她就免不了感到极度的不安和内疚"。他对孟德斯基乌说："偶有一丝印象掠过，新的痛苦随之顿生。"这类印象出现在"心跳的间歇"（《索多姆和戈摩尔》）那一章。*叙述者*无意识地回忆起外祖母之死，深受触动，仿佛她去世的事刚刚发生，普鲁斯特在此描述治愈哀伤的工作时使用的一些词汇，弗洛伊德不会不认同。比如说，他提到了"自我保护的本能，免受痛苦的机敏才智已

---

　　①　波尔图-里士（Porto-Riche，1849—1930），法国剧作家。

开始在黑烟未消的废墟上为其有益但也有害的事业奠定了基石"。我们注意到,主人公仍然无法"重新感受到肉体的欲望",他的梦也在完成摆脱新欢、哀伤的使命:外祖母在梦中康复,但她的言语仅仅是一种"衰弱、顺从的回答,几乎就是我讲话的回声,仅仅是我自己的思想反映"。

这种下地狱似的痛苦,普鲁斯特经历了两次;一次在他母亲去世后,另一次是九年之后,即 1914 年,阿尔弗雷德·阿高斯蒂奈里去世时。普鲁斯特说这是他曾经最爱的两个人。他在 1914 年 5 月 30 日飞机失事后写的那些信件首先表明了他对被爱者的颂扬,"他是个了不起的人,也许是我认识的天资最高的人"。对阿高斯蒂奈里的死,普鲁斯特同样感到自己负有责任,因为他为他提供了学开飞机的条件。但是,当他九月份在一位年轻的瑞典美男相伴下去卡布尔时,他在给罗纳尔多·阿恩的一封信中写道,此行"标志着他摆脱悲伤的第一个阶段",阿高斯蒂奈里已经从他的思想中消失几小时了。在将他理想化之后,他就感到自己不再欠他什么了,因为这个年轻人曾经对普鲁斯特"很不够意思"。弗洛伊德指出,这是声讨死者的阶段。

*叙述者*在外祖母去世后所经历的悲伤——这个阶段确实来得有些迟缓,反映了普鲁斯特失去母亲后的感受,同样,《失踪的阿尔贝蒂娜》以小说的形式演绎了阿高斯蒂奈里的死在

普鲁斯特心里所引起的悲伤。"我若想使自己得到安慰，应该忘却的就不只是一个阿尔贝蒂娜，而是无数的阿尔贝蒂娜。"因此，主人公必须忍受"截肢者的痛苦"，把有关她的回忆一一清除。

女主人公[①]首先被理想化了。相反，男主人公则自我贬低，感到自己对她的死负有责任，以至于他都不想活下去了。按照弗洛伊德所指出的人性发展进程，他开始相信灵魂不死。同时，这位年轻姑娘过去的一些被曝光的行为显示出她是一个对爱情不忠的、败坏的女人。按着，他的悲伤就像一种疾病一样，"好转了"："阿尔贝蒂娜死了的想法，最终在我的心里夺取了近来还被她活着的念头所占据的位置。"在威尼斯(这是小说版的普鲁斯特卡布尔之旅)，主人公发现，他无法使阿尔贝蒂娜复活，就像他无法复活当年的自己一样。

几乎在同一时期，在《昙花一现的命运》这篇精彩的文章中，弗洛伊德谈到了哀伤。他在这里对一位"年轻诗人"——大概是里尔克[②]——在一次散步时的内心感受做出了解释。最美好的事物都因为"逃脱不了"转瞬即逝、昙花一现的"命运"而贬值：美注定要消失。年轻诗人于是"对世界怀有一种

---

① 指阿尔贝蒂娜。
② 赖内·马利亚·里尔克(Rainer Maria Rilke, 1875—1926)，奥地利诗人。

厌恶感"。弗洛伊德反对这种悲伤的情感,他宣称,昙花一现的宿命,非但没有让美贬值,反而是使其增值。即使所有这些作品都将消失,"所有这些美好的、完美的事物的价值,仅仅取决于它们在我们的感性生命中所具有的意义,无需比我们的感性生命持续更长的时间,因此,不受绝对时间的束缚"。

普鲁斯特和弗洛伊德都不怎么相信永生。普鲁斯特表示,有凡德伊的小夜曲这样的作品陪伴,死亡就不那么真实了:"也许虚无才是真实,我们的梦幻并不存在,但那时我们会感到,这些相对于梦幻而存在的乐句、概念也毫无价值。我们终究会死去,但我们有这些神奇的俘虏做人质,他们将跟随我们的运气继续存在下去。有了他们,死亡也就不会那么悲苦,不会那么不光彩了,而且也许就不那么真实了。"弗洛伊德分析了"我们面对死亡的态度"。现代人尽量回避与死亡有关的任何思考,他的生命因此变得贫瘠。他只愿意在小说中面对死亡。我们在小说中可以找到"我们所需要的不同生活。我们与主人公同生同死,只是他死了,我们还活着,而且随时准备陪伴另一个人物像前一次一样安全地死去"。追根溯源,我们的潜意识是"原始人"直接的继承者,弗洛伊德总结了三点:我们无法想象自己的死亡;我们盼望外人、敌人的死亡;我们对所爱对象的情感是矛盾的,我们有可能会期盼他(她)的死亡。面对爱人的尸体,"原始人"可能会感到灵魂的存在,感到表面死亡后的生命会延续。后来,宗教宣布,死亡之后的存在比生命更珍贵、更完整。弗洛伊德总结道,我们最好把"现实中和我们头脑中"的死亡摆在"适合它的位置"。只有这样,我们才能让生活变得可以忍受,这是"活着的人首要的责任"。

《昙花一现的命运》所表明的是,哀伤或战争过后,力比多,即爱情,重返舞台,就像斯万或叙述者所经历的故事一样,前者受到年轻的德·康布尔梅夫人的诱惑,后者在其外祖母去世后被阿尔贝蒂娜迷倒。因为,"尽管我们深深体会到,面对死亡,我们所追逐的文化和物质财富是多么脆弱,它们亨有的崇高地位却并没有受到太大的威胁。"①

---

① 因为一旦远离死亡的阴影,我们又会一如既往地去争名夺利。

第十八章　精神分析与小说阅读

联想

　　联想与梦幻叙事是弗洛伊德的分析所依靠的两个重要的动力来源。普鲁斯特的创作方法是联想,而且不仅仅是在创设比喻时。比如,在《重现的时光》中,联想是以情感关联的名义出现的:"共有的感觉曾力求在它周围重建旧时的情感联系,但顶替它位置的现时情感,全力抵抗,反对把一个诺曼底海滩或某段铁路坡道迁入一家巴黎旅馆。"好的联想,即无意识记忆的联想,与压抑是对立的,而且能打败压抑。

　　病人保证,以绝对的坦诚,对精神分析家说出他心里想到的一切(我们想到了契诃夫的那句话:"假如我想到自己的头脑里所发生的一切……")。普鲁斯特,或者说他笔下的叙述者,是否像在《让·桑德伊》中一样保证对我们说出他心里想到的一切呢?"本书不是写出来的,而是获取的。"他向我们隐瞒了什么心事吗?还是我们应该感谢他向我们展现了他的整个精神世界以及他大脑里深藏的秘密呢?

普鲁斯特向我们隐瞒了什么经历吗?的确,有关他外出活动的情况、他的爱情、神经症作用下的活动及其反常行为的详情,我们不是都了解。但是,他通过象征的手法,在小说中向我们袒露了一切,甚至包括老鼠对他的吸引力和他对老鼠的厌恶:"我们会害怕一只老鼠,而不怕一头狮子。"他提到了他的噩梦,"我们已故的父母刚刚发生了一起严重的车祸,但不排除不久就能痊愈的可能性。我们暂且把他们圈在一个小老鼠笼里,他们变得比白鼠还要小,浑身长满了大红水疱,头上都插着一根羽毛,像西塞罗一样在给我们发表雄辩的演说。"《精神分析五讲》中有一讲谈到了"鼠人"的困扰,那就是他父亲所遭受的折磨,老鼠在这里扮演了一个重要的角色。与施虐狂、对父亲的爱与恨、金钱、肛门有关的一系列联想均属于这个病人;我们不能完全地、盲目地把这些联想照搬到普鲁斯特,或者叙述者身上。充其量,我们可以说,在这扇半开半闭的门后,在这个"名副其实的老鼠货币①"意义的后面,隐

---

① 这是弗洛伊德的术语,老鼠象征金钱。

藏着普鲁斯特的一些幻想。

我们在弗洛伊德本人那里还可以发现其他的幻想,它们都与普鲁斯特笔下的*叙述者*有关,比如他害怕去罗马,在雅典感到不自在,害怕火车。*叙述者*一想到去佛罗伦萨就生病,一到巴尔贝克的大旅馆就饱受痛苦的折磨。"我们会说,那是小孩子的一种愚蠢的恐惧!但是,神经官能症是不说蠢话的,不比梦说的更多。人们很乐意诋毁自己不明白的事物"(参见小汉斯和他对马的恐惧)。

普鲁斯特既是倾诉者,如同病人,又是分析者,他对一切(除了他自己的梦)都进行解析,如同精神分析家一样。他还站在*叙述者*的位置上,让我们思考,让我们敞开心扉,我们认同他的内心独白,并觉得它出自我们的内心。这个过程是循序渐进的,如同在分析中一样:小说家,即便是为了准备悬念,不可能一下子把一切全抖露出来(假定他一开始就对他的人物及其经历了如指掌。但他也可能是一边构思,一边创作或者找感觉)。对于读者来说,移情发生在作者的身上。接着,作者在反移情中又让读者回到自我。

分析家和小说家的解析

无论是普鲁斯特还是弗洛伊德,他们在实践中所做的工作都是"让无意识变得有意识"。精神分析家的解析和小说家的阐释有一种区别,那就是,小说家不是为了人物而是为了第三者——即读者——的利益去解读人物的。弗洛伊德指出,现代人是通过一些幻想的结构形式面对死亡的;因此他喜欢小说中存在的死亡。他与主人公共命运,但主人公死后他还活着:"在幻想作品中,我们可以找到我们需要的多种多样的生活。"因此,读者可以对自己进行解析,只要他与人物同化或在自己的亲人当中看到了人物的影子,比如,*叙述者*的外祖母一时间可能变成读者的母亲,或希尔贝特变成读者的初恋情人。

普鲁斯特对维尔杜兰夫人或德·盖尔芒特夫人的言论及其真正的含义所做的解读,可能会让她们大吃一惊:当塞维尼伯爵夫人发现自己是盖尔芒特公爵夫人的原型时,她立刻就和普鲁斯特闹翻了。在叙事过程中,小说家只有在对他的人物进行了彻底的分析之后,才会舍弃他们(但他并不认为应该让他的人物像在传统小说中那样,有一个完整的宿命,无论结局是婚嫁还是死亡);同样,对他来说,小说的终结就是分析的终结。分析过程是需要时间的,普鲁斯特不会认同那些匆匆了事的小说家,比如,巴尔扎克有时就是如此,他们把人物的性格特征毫无保留地告诉我们;人物刚一登场,他们就会对的他的一举一动做出解读。病人编织故事,分析家亦然,但不是同一故事。小说家也一样，他要在自传叙事和幻想故事之间进行选择。与这个漫长、持久的故事相对立的是闪闪生辉的无意识记忆：这就是普鲁斯特的记忆，或是神经症患者的幻想、梦境、困扰，是心理创伤的表现，是分析过程中突然浮现出的东西。然而，如果说意识流小说的特点是编织意识的碎片，如乔伊斯或弗吉尼亚·伍尔芙的作品，普鲁斯特的小说则是运用细木工或音乐家的艺术，把潜意识的各种能量集中在一起。

精神分析家不该在治疗初期告诉病人，他知道对方的秘密是什么，同样，小说家不在小说的开头曝光人物性格的本质或实质。让我们想想小说家是用什么艺术手法逐渐揭开夏吕斯的本性的。首先映入我们眼帘的是一些不起眼的征兆（比如，他袜子的颜色、出现在贡布雷斯万先生家花园小径上的那个瞪大眼睛的陌生人、他在巴尔贝克把一本书交给*叙述者*的经过、他对*叙述者*歇斯底里大发作的那一幕——隔壁房间里能听见音乐声）。弗洛伊德在关于失误行为的讲座中指出，对一些表面上无关紧要的细节进行研究是非常重要的。正是这些细节构成了小说的组织结构。接下来就是解析的问题。分析家应该保持冷静，"让人看不透他的内心，而且应该像镜子一样，只管反映别人让他看到的东西"，弗洛伊德写道。同样，小说家在解析他的人物时也表现出无情的冷漠，即使是对斯万,对生命垂危的外祖母也是如此。所不同的是,病人本来就存在,并非是杜撰的。而小说家即使有一些人物原型,他笔下的人物依然是他想象的产物。

一位最令人尊敬的弗洛伊德评论家,提出反对意见说,我们不能像分析"人一样,去分析一些纸上的人物,如哈姆雷特",哈姆雷特只存在于《哈姆雷特》这部戏剧作品之中,不应当把想象的世界与现实世界混为一谈。然而,弗洛伊德在评论《格拉迪沃》(*Gradiva*)①时正是这么做的。他很清楚,自己是在解析"一场从来没有被梦过的梦"。

普鲁斯特和弗洛伊德一样,都是以他们那个时代的心理学为出发点,但又与之保持距离。对《外行分析的问题》持反对意见的人说,我们的心理学和心理学家够多了。弗洛伊德介绍了相关问题的研究现状,回应道,心理学已经发展不下去了。除了感觉生理学之外,心理学包含了"一系列有关心理活动的分类和定义(……)这是所有文人的共同财产。每个作家或传记作者都找到了一种属于自己的心理学,就心理活动之间的关系和目的向我们提出一些属于他自己的假设,这些假设很诱人,但很可疑"。所有这些做法都不科学。心理学向自

---

① 德国作家威廉·詹森(Wilhelm Hermann Jensen, 1837—1911)的作品。

己关闭了通往本我世界的大门,因为它所依据的假设是,所有的心理活动都是有意识的,意识是心理的特有标志。它对"思维的准备阶段"不感兴趣,而这些阶段会对我们突然产生的想法做出解释。"在你身上发生的有些心理活动,往往是非常复杂的,你的意识对其毫无察觉,你对其一无所知。"

同样,普鲁斯特彻底改变了小说心理学,他对一切被遗忘的、潜意识的、无意的、暧昧的、受到非议的、禁忌的东西都感兴趣。从一开始,他就感到,他写作的目的就是为了说出人们应该缄默不语的事情。当他投稿时,他再三告知出版商他的作品有背离道德之嫌。

秘密

心理描写和分析之所以产生张力、悬念,那是因为它们通向秘密的世界。"耳聪目明的人发现,人隐藏不了任何的秘密。嘴唇紧闭、沉默不语的人会用手指端说话;他无处不暴露自己的内心世界。"我们可以把《精神分析五讲》中的这些言论应用到普鲁斯特的人物心理分析上。秘密在弗洛伊德和普鲁斯特的生活及思想中占有中心位置。他们的好奇心涉及艺术、政治、战争、日常生活的方方面面,他们什么都想知道,而且无所不谈。无论是今天还是明天,无论我们生活中有哪一方面的疑问，我们依然可以请教他们。因此普鲁斯特断言，我们的眼睛看不透的秘密，正是画家的艺术所达到的最高境界。

"每个人的内心都深藏着一些秘密，只有不得已时他才会向别人敞开心扉，而且，有些事情似乎很难启齿。(……)还有一些事情，我们甚至不愿意向自己袒露，我们情愿掩饰它们，斩草除根，如果它们潜入我们的脑海，我们就会予以清除。"一种想法有可能对自我来说都是个秘密①。自我与更加丰富的心理生活之间是对立的。弗洛伊德想象的一个对话者说道，"每个神经质的人都有一个秘密"。劝促他坦白的做法，让我们想到了天主教的忏悔原则。但是，与忏悔的区别是，病人必须"说出比他知道的多的东西"。小说家也让他的人物说出比他知道的多的东西，这种传统始于德·拉法耶特夫人。在《重现的时光》中，普鲁斯特声称，他展示了"一个新的世界"。对于孩子来说，最终的秘密，就是两性之间的区别和受孕与出生的奥秘。弗洛伊德在他称之为传记小说或半小说中所探寻的也正是这个秘密：《达·芬奇的童年回忆》《摩西与一神教》《威尔逊总统》。

1909 年 10 月，弗洛伊德在给荣格的信中写道："传记也应该成为我们的领域"。然而，他对莱昂纳多·达·芬奇的分

---

① 因为它是潜意识的。

161

析和普鲁斯特的创作一样，源自"童年的回忆"。弗洛伊德再次去卢浮宫看到的《圣安娜》中的秃鹫不存在了吗[1]？秃鹫的传奇色彩只会更加强烈，可与霍夫曼[2]的奇幻作品相媲美；秃鹫完全可能出现在《沙人》(*L'Homme au sable*)[3]中。

艺术

我们在《图腾与禁忌》中读道，"只有在艺术中，一个被欲望折磨的人才会获得满足；凭借艺术幻觉，游戏所产生的情感效应恍如真实的一般"。弗洛伊德和普鲁斯特一样，也酷爱艺术和文学。前者认为自己发现了世界上最美的雕像——米开朗琪罗的《摩西》，后者认为自己看到了世界上最美的画作——弗美尔的《代尔夫特的风景》。关于《摩西》，弗洛伊德首先在一篇文章，随后在整个一本书中，阐明了他的看法。关于弗美尔的画，普鲁斯特并没有解释自己的想法，但他让这幅画充满了一种致命的美感，因此要了贝尔戈特的命。为什么

---

[1] 在达·芬奇的这幅画作（《圣母子与圣安娜》）中，我们可以看出圣母衣服上显出的秃鹫轮廓。弗洛伊德在《达·芬奇的童年回忆》中分析了秃鹫在达·芬奇幻想中的象征意义。

[2] 恩斯特·泰奥多·阿玛迪斯·霍夫曼（E. T. A. Hoffmann, 1776—1822），德国作家、作曲家。

[3] 霍夫曼的作品。

是"一小块黄色墙面"呢？艺术家的秘密和孩子的秘密皆隐藏其中，贡布雷被照亮的墙面是永存的。

《西格蒙德·弗洛伊德自述》告诉我们如何进行文学和艺术创作的研究："幻想的王国是一个'庇护所'，是为在现实生活中无法得到满足的本能提供的代用品，是在快乐原则过渡到现实原则的过程中建立起来的，经历这个过程是非常痛苦的。艺术家，犹如神经病患者，远离令人不满的现实，躲进幻想世界，但是，与神经病患者相反，他能找到回去的路，知道回归现实。"作品如同梦一样，能满足潜意识的欲望，但与梦相反，它们同样能够满足其他人那里的潜意识愿望。

诗人在他的欲望、童年、潜意识中汲取灵感。玩耍的孩子其行为如同一个诗人，"他按照适合自己的新规矩来安排他的世界"。游戏的对立面不是严肃，而是现实，它的作用是"矫正令人不满的现实"，以满足自己的雄心壮志或情欲，弗洛伊德写道。因此，诗人表达了不如他能言善辩的同辈们的梦想。在唤醒某个遥远记忆的同时，他把自己的欲望变成了文学。他用一种"快乐的奖赏"吸引大众，开场的愉悦甚至预示了后来更大的快乐。"文学作品特有的快乐来源于我们内心压力的释放。"

弗洛伊德始终酷爱阅读："我平时读很多书，"他在1883

年写道，"这要花费很多的时间，比如，我手里就有一本由居斯塔夫·多雷①插图的《堂吉诃德》，我和这本书度过的时间比解剖学还多。"在弗洛伊德那里，文学与精神分析汲取灵感的源泉是相同的，而且两者相互丰富。玛尔特·罗贝尔②甚至宣称，弗洛伊德最精彩的著述研究的对象都是文学艺术家:达·芬奇、歌德、莎士比亚、米开朗琪罗。弗洛伊德一边著书立说，一边进行自我分析，普鲁斯特从《芝麻与百合》③到《驳圣伯夫》经历了同样的写作历程。"他只谈阅读过程中让他感受强烈的东西，而且因为深有同感，所以才有资格对其进行分析。"弗洛伊德在撰写一个病案时，因为其中缺乏文学色彩而郁闷("鼠人"的案例):"我们的复制品有多糟糕啊，我们就像在无情地击碎出自这种心理个性的伟大作品!"

因此，弗洛伊德提出了关于文学与人文科学之间关系的重要问题。最近，有人还断言，弗洛伊德的发现过时了，但他作为一个伟大的作家依然保持着自己的生命力。哲学家、思想家、学者首先应该措辞严谨，用词——往往是专业术语——准确，论证连贯。所有这些要排在文笔的乐感和隐喻的美感

---

① 居斯塔夫·多雷(Gustave Doré, 1832—1883)，法国画家。
② 玛尔特·罗贝尔(Marthe Robert, 1914—1996)，法国评论家。
③ 《芝麻与百合》是普鲁斯特的译作。

之前。我们认为，一种哲学的文学色彩，首先会使其面对种种诱惑，进而令人存疑。语言表述的魔力有时会掩饰思维推理的破绽，使其越过论据或定义。从法国的柏格森、德国的尼采开始，耀眼的文辞常常替代了谦卑的推理步骤。相反，在康德或弗洛伊德那里，给人印象深刻的则是精准的定义、连贯的思维、朴实无华的修辞。当然，弗洛伊德也可能会不经意地写出一些诗意浓郁的句子；但这类句子通常受到遏制，就像我们把气憋住一样。

对弗洛伊德来说，文学在认识人类和世界的征途中，往往先于科学和精神分析。有几位伟大的艺术家对"我们这颗像黑夜一样深不可测的、令人泄气的、在我们眼里既空洞又虚无的心灵"进行了探索，但是，这一探索"与聪明才智的地位是平等的"，而并非是依附关系。让艺术家的感性经验变得理性化，是哲学家、精神分析家、文学评论家要做的事。然而，艺术家应该意识到自己的任务；那就是，如普鲁斯特所言，探索深重的黑暗世界；他的键盘应该发现"成千上万个表现温柔、激情、勇气和安谧的琴键"，组成一个与其他世界所不同的世界。弗洛伊德在创立精神分析法的同时，跳出了探寻自我的陷阱和自满感，如同普鲁斯特超越了自传或者说我们一段时间以来称之为自我虚构作品所带来的短暂快乐。伟大的艺术家，非但不满足于玩形式游戏或谈论微不足道的主题，而且还有一种基本的志向，一种可以转变为乐观主义或希望的、可以与科学家分享的志向：在人类的大脑中，在人类的心灵中，一切都有待于发现。

参考书目

　　四十多年前,我为弥尔顿·米勒写的由玛丽·塔迪耶翻译的法文版《普鲁斯特的精神分析》(*Psychanalyse de Proust*)作了序。这本该是一部有参考价值的书,但他的后继者很少提到它。因此我就从这本书开始。我喜欢过的其他书籍或文章,有玛尔特·罗贝尔和彼得·盖伊写的传记、让·贝尔曼-诺埃尔的文章《对斯万之梦的精神分析》(*Psychanalyser Le rêve de Swann*)、马尔考姆·鲍威的评论《普鲁斯特,弗洛伊德,拉康》、多米尼克·费尔南德斯①的论文《树大根深》(*L'Arbre jusqu'aux racines*),还有米歇尔·施奈

---

　　① 多米尼克·费尔南德斯(Dominique Fernandez, 1929—　　),法国作家、文学评论家、法兰西学士院院士。

德①的《妈妈》(*Maman*)、让-贝尔特朗·蓬塔利斯的《前者的兄弟》(*Frère du Précédent*)(以及他对弗洛伊德的新译本所作的序)、收集在《马塞尔·普鲁斯特——精神分析家的来客》(*Marcel proust visiteur des Psychanalystes*)中的一些文章。参考书目列出的清单有内疚和责难,有时也有感谢。我首先想听一听回声系统的效应,就像身处普赛尔②的作品《仙后》③中的洞穴里一样,我在交叉阅读弗洛伊德和普鲁斯特的作品时听到了这种回声。

---

① 米歇尔·施奈德(Michel Schneider, 1944—),法国作家、音乐学家、精神分析家。

② 亨利·普赛尔(Henry Purcell, 1659—1695),英国作曲家。

③ 又译《精灵女王》。

"轻与重"文丛(已出)

图书在版编目（CIP）数据

未知的湖/（法）让-伊夫·塔迪耶著；田庆生译.
--上海：华东师范大学出版社，2017
（"轻与重"文丛）
ISBN 978-7-5675-6689-7

Ⅰ.①未… Ⅱ.①让… ②田… Ⅲ.①普鲁斯特（Proust，Marcel 1871—1922）—文学研究 ②弗洛伊德（Freud，Sigmmund 1856—1939）—哲学思想—研究 Ⅳ.①I565.074②B84-065

中国版本图书馆 CIP 数据核字（2017）第 175787 号

华东师范大学出版社六点分社

企划人　倪为国

轻与重文丛

未知的湖：普鲁斯特与弗洛伊德之间的秘密

主　　编　姜丹丹　何乏笔
著　　者　（法）让-伊夫·塔迪耶
译　　者　田庆生
责任编辑　高建红
封面设计　姚　荣

出版发行　华东师范大学出版社
社　　址　上海市中山北路 3663 号　邮编　200062
网　　址　www.ecnupress.com.cn
电　　话　021-60821666　行政传真　021-62572105
客服电话　021-62865537
门市（邮购）电话　021-62869887
地　　址　上海市中山北路 3663 号华东师范大学校内先锋路口
网　　店　http://hdsdcbs.tmall.com

印刷者　上海中华商务联合印刷有限公司
开　　本　787×1092　1/32
印　　张　6.5
字　　数　90 千字
版　　次　2017 年 10 月第 1 版
印　　次　2017 年 10 月第 1 次
书　　号　ISBN 978-7-5675-6689-7/I·1714
定　　价　58.00 元

出版人　王　焰

（如发现本版图书有印订质量问题，请寄回本社客服中心调换或电话 021-62865537 联系）